aimer c'est du désordre... alors aimons!

仇小丫/著

YOU KNOW EVERYTHING BUT ME

你了解全世界，却不了解我

CNS PUBLISHING & MEDIA 中南出版传媒

湖南文艺出版社
HUNAN LITERATURE AND ART PUBLISHING HOUSE

我看着鱼缸里还在游的两条鱼，发现动物其实比人有智慧，他们知道怎么在有限的时间里享受它们能够拥有的一切安逸，人类却总想太多。

目　录

自 序

有时我会想，一个人活在世上，没权没势没钱，譬如我，往人堆里一扎，往人海里一撒，那是否还能被人看见？

在我人生的第8421天的这个晚上，在我心急火燎犹豫不决左右拿不定主意的时刻，窗外的月亮依旧很圆。

明摆着它在告诉我，这个世界少了我不会有那么一丁点变化。

这让我沮丧，也让我轻松。

我意识到我只是我自己之后，好像突然被置于一个无物无人的空间里，我就那么静静地坐在人生的某个点上，趾高气扬坐看云起似的回了回头，看过往人生，看通篇书稿。

我居然是个写书的人了。

我的对手，我的朋友，我的敌人，和我自己，都没想到。

自签了书约到最终的定稿，我像一直憋着口气跑了个百米赛跑。

我的人生里突然来了一大批人，我愣头愣脑地走进了一个一度向往而又完全陌生的世界。缓不过来。

闭上眼，一切似在昨日。“您好，我是××公司的图书编辑。”

这一刻来临之前，在人生的许多个日子里，我一直只在梦里听到它。

在过去的这8421天里，我必须承认没做过一天好学生，没当过一天乖小孩，我上大学学德语，退学，出国，再退学，打工赚钱，一路漂泊，恋爱，被甩，在巴塞罗那跳弗拉门戈，在里斯本跟人卖唱，睡过阿姆斯特丹的马路，开过西西里的客船，一路踏着风尘，被浪催着走了几十个国家，遇见了大半个世界里形形色色的人，满腹心事，如白汤一样平淡归来，坐于北国中秋的明月之下，想，我是谁，有什么资格写一本书，还有脸让人看。

我拍照片不上相，段子不会编，写文不会取那些一打眼就令人想入非非的名字。

但是我爱写。

舒坦，顺畅，满足。写好写赖，与世无关，别人对我什么期望跟看法，我亦不曾管。它只跟吃饭一样，是人的本能。

许多人来找我，把他们的痛苦告诉我。

有一天我抓住几个问，你为什么来找我说这些啊。

答案是出乎意料的一致，他们说，因为你懂，你懂那些痛苦。

原来如此。

我受过伤，摔过跤，从山谷爬起，立于小丘之上哗啦啦摇旗呐喊，被人看到，他们就纷纷过来了。

果然，理解才是最好的安慰。

我不会讲这世界是万古人间四月天，不会讲每一条路上都铺满了金光闪闪的真善美。没有诗歌，没有远方，没有跌宕起伏的离奇情节和引人入胜的高潮故事。

它只是一个跳跃在社会各层、寄生在滚滚红尘的女孩子走过的风雨，以及窥过的世界。

她用笔撩拨生活的一层外衣，得罪了它，再用文字与其和平共处。不乏主观和稚嫩、偏颇或浅薄，唯言辞恳切，态度真诚，以及无法抑制的表达欲望，乃敢以己身为食材，以不愧对内心为底气，辅以毕生所知，所不知，所感，所惑，所爱，所恨，所得，所失，所惧为调料，配以三分情爱、四两眼泪，五处漂泊，撒一把戏谑、讥笑、嘲讽，以冰刃割裂肌肤，灌汤料入心肝脾肺，望其成一碟特色小菜，可下酒，亦可暖胃。

它只是一个人对另一个人讲话，只是在一个庞大并波涛汹涌的世界里，我陪你一起坐下来，把繁华关在门外，品一剪素白时光。

只是我端着杯子朝你走过来，把我自己，连同人生那点儿难得的糊涂和醉意，一并坦白给你。

或许有那么一刻，我醉得口齿不清、逻辑不顺了，你才发现，这个女人，她只是以设宴为由，来灌醉自己。但那不重要，重要的是，此时此刻你与我一同坐在这儿，一同说话，一同倾听，一同抱头痛哭或仰天大笑，一同今朝有酒今朝醉。那一肚子话，或者忘记了，或者真的说不下去。

我想你会懂，情至深处人孤独。

没讲完的故事那就算了吧，我们，来日方长。

2013.9.28

PART Ⅰ

用你的伤疤照亮远方

生活是最有效的催熟剂。

心里有秘密的孩子，从来就没有年轻过。

用你的伤疤 照亮远方

小时候被男生欺负，哭着回家，以为我爸会安慰，结果我爸一句："咱家不允许有弱者的存在，把眼泪擦干净了再进家门！"就把我打发了。我窝窝囊囊地坐在大门口哭啊哭，从那以后，无论多么难过，我都在外面先哭完，再进门大吼一声："爸，我回来了！"

我九岁那年，一天晚上去同学家写作业，回来的路上被一个醉酒男人用棉布手套从身后捂住了嘴拖进一片一点儿都不浓密的小树林里，搞得我满嘴都是机油味儿。

彼时已是初冬，印象里满目白而细的树枝，像一根根磨尖的骨头，扎得人疼。我穿着北方冬天的厚厚的背带棉裤，一层又一层的衣服。

男人对我说："你别叫啊，我就是玩玩。"从头到尾他只说了这么一句话，那句话的语气和表情一直在我脑海里回荡了很多年，到现在也没有完全消失。我有时会责怪自己记忆力好。

在挣扎的那几秒钟里，你都不知道接下来会发生什么。支撑着一个小女孩的只是一种异常强烈的、原始的求生欲望，还有那一瞬间的许多个不服气，比如我竟开始想到“命运”这种东西，我用最快的速度质问了它凭什么对我这样，这种不忿和不甘让一个九岁的小孩变得异常冷静。

男人浑身发抖，酒喝得太多也没那么大力气，真是我的幸运。就在他还没有彻底撕下我衣服的时候，路边过来一辆四轮车，车上坐着两个男人，恰好在这个路段减速，这也是我的幸运。我身上的男人猛抬起头来，看了一眼四轮车，停了大概两秒，应该是怕了。现在想来，我一生的命运就攥在他这两秒钟的犹豫里。

两秒之后，他选择了起身逃跑。我吓得已经顾不得什么，立刻起来往家里方向跑，他跑出二十多米远还回头看了我一眼，我知道那一眼他一定是在做一个很重要的决定，但好在一个人做坏事时的果断远比不上另一个人求生的本能更强烈。

北方的冬天很冷，风刮在脸上像有刀子割。

我那次跑回家没有哭，因为眼泪还来不及流下来。

我在心里想了很多关键词，到家门口的一刹那，我选了一个最中性的描述，我说爸，有个人要杀我。我爸看我身上的那副样子，立刻就明白怎么回事，我话还没说完，我爸就抄起一把刀，拎着我出去了，有几个亲戚也立刻抄家伙在后面跟着。后来当然是没有找到疑犯，不然我爸早成杀人犯了，第二天立了案也没有结果。那里是穷乡僻壤，人们的死活，没人管的。

我后来想想，那天晚上我们应该是遇到他了，只是我自己不敢认。我不敢认。

然后我们就回家了。我妈，那个瘦小脆弱的，自打嫁给我爸又生了我之后就一直没得闲的女人，抱着我哭得喘不上气，浑身发抖，屋里屋外都是人，有关心的，有看热闹的。都问我，那个男人对我做了什么，我没讲实话。不敢讲。

我不知道当时的自己是什么样子，听那天看到我的同学说，头发很乱，脸上被树枝划了很多道痕，嘴唇成了紫红色，被自己咬肿，眼神呆滞，哭。

家里的长辈们都想，好好的女孩儿，会不会就此傻掉或者被毁掉了。

第二天我去上学，小伙伴们都跑过来围着我问东问西。我妈知道了，担心这样下去迟早会影响我的心理健康，就给我转学了。

我带着这个秘密，在另一所学校，认识了新的朋友，开始了新的生活。

一直到现在，即使和穿一条裙子的姐妹谈天说地聊感情谈未来一起抱着在一个被窝里睡觉，对于那段经历，我也绝口不提。闺密之间喜欢坦白自己的糗事和秘密，每个人都说完了，轮到我，我就憋得满脸通红，心里内疚，觉得对不起她们。小女孩的世界就是这样，简单、义气，容不得这种隐藏和背叛，我觉得她们都干净，我不干净了（也许我曾经的同学，看到这篇文字还会想起，小学三四年级的时候，班里突然转来一个很高很瘦的女孩，扎着两条小辫儿，窘迫地站在台上，不知道说什么的样子）。

我当这是一道疤，我以为太阳会将它烤化，风可以将它吹散，时间会让它痊愈。我以为这件事只要我不说，以后就不会有任何人知道。

然而，痛苦并不在于它刺你的那一刹那有多猛烈，真正的痛苦是它缓缓地在你心里潜伏、生瘤，随着时间的流逝，它居然会变成另外一些你自己也说不清的东西，时而从胃里反出来，再逼你咽回去。

我后来发现，好像在每个人的世界里，影响最深远的东西，都是在一刹那发生的，包括一场车祸、一次天灾、一次离别。

它们就那么一下子发生了，在你还不知道是怎么回事和发生了什么的时候，就扔给你一个不堪的结果。

十几年的时间，用来消除一个毒瘤，居然显得那么短。

从九岁开始，在孩子最需要父母的青少年时代，我死死地攥着这个瘤，过四处寄宿的生活。十三四岁时，我回到家乡过寒假，正在家看电视时，那个男人，几年没见过面的那个曾经压在我身上的男人突然再一次出现，他好天真，以为我真的不记得他，他来我家串门，是邻居的亲戚。我看着他在窗外大摇大摆地出现，从从容容地进屋，喜气洋洋地跟我打招呼，看我的眼神里有些许试探，这一切都要把十三四岁的我给逼疯了。

我本能地握紧拳头，很想把他撕碎，即使用刀枪棍棒都不能解恨，只有撕碎才行！可我什么也不能做，我那时想，既然各自已经回到平静的生活中了，要是再把水给搅浑了，会让太多人不快乐，我得为我爸妈想。只是不看到他还好，每次看他那么光明正大地来我家，光明正大地跟我打招呼，我真不知道他是在侮辱我，还是在补偿我。我没法儿冷静，却必须冷静，那时感觉自己非常委屈，心里装满了对整个世界的愤怒。

九岁之前，我天真烂漫活泼，连小虫子也不忍心伤害。家里虽不富裕，可我没有追求，在那个只有黄天黑土的地方翻翻墙头、下水摸摸鱼就觉得十分快乐，连做一件坏事的念头也没动过。但就是在那一刻，我突然质疑起这个混账世界，我看不懂它的道理，就像我后来看《神雕侠侣》时不明白为什么小龙女那样纯洁善良的人一定要先遭一次尹志平的玷污，可那会儿我九岁，我不应该这么早承受这些东西。我一看到那个男人就想起当时的我躺在凹凸不平的、硌得人生疼的树林里，脸被树杈儿划着，透过干枯的上了一层霜的树枝，我看到头顶上那一片永远会记得的，安静的、深沉的、灰蒙蒙的北方的天空。

那时我想，世界这样无耻，如果我还对它善良，那我就是任人摆布的家畜！

那个伤口被我放置在一个暗无天日的死角，任由它腐烂、变质，我的整个青春期也因它而充满了叛逆和暴力。我想不开，我怨恨。每当一家人喜气洋洋地过节时，我心里就会突然冲出一个声音大喊：“那件事，我根本无法忘记。”

时间没有办法让你的痛苦消失，它只能逐渐给你带来更多东西，这些东西压在你心里，把毒瘤压在下面，平日里看不见想不起。但是有那么一些时刻，你会惊奇地发现，所有的痛苦居然都有本事互相勾连起来，它们明明分布在你心里的不同位置，却像串通好了，一旦有什么事情一逗引，就一起跑了出来。

你可以非常独立，非常坚强，可有些软肋，你面对它的时候就是束手无策。你低着头，红着脸，没了底气，任凭它随时出来欺负你，凌辱你，你气得牙根儿痒痒，你骂它，恨它，哭着求它，可毫无办法。

它很让你丢脸吗？

曾经觉得是。

但我终于可以面对它，可以像讲别人的故事一样将它讲出来，这让我觉得自己十分勇敢。

生活是最有效的催熟剂。

心里有秘密的孩子，从来就没有年轻过。

我逐渐发现，伤口这个东西，虽然不能一次次撕开给别人看，但也不能一直对它遮遮掩掩。我开始学着和这个世界和解——既然有些伤痛是已经发生并无力改变的，那么还不如学会跟它握手言和。至于幸福不幸福，那是个太宽泛的命题，我们只要能与自己坦然相对，就足够了。

不是所有的痛苦都可以被人分担，当我明白了这个道理并接受它，就可以和命运并肩携手，因我已经理解它，它自有它的安排。

而我的疤，某一天我发现它就像我们从小到大在身上落下的无数处大大小小的伤一样，它会留下一道痕迹，那道痕迹比周围的皮肤更白更亮一些，好像可以照亮黑夜，照亮远方。

这么想来，它也不是一无是处。

PART Ⅱ

HELLO, STRANGER/

你好，陌生人

“我每天在这条街上遇到无数人，
只有你一个人用这样的方式跟我打招呼。”

你好，陌生人

我现在开始理解那些坚持不懈或乐此不疲地讲故事的人，在我发现原来一样的故事在不一样的时期，面对不一样的人时，讲出来，听到的，感悟的，竟是不一样的之后。

故事里的主人公，故事外的一切，连带着故事本身，都在变。

讲故事，给别人，也给自己。

故事，虽然是从自己嘴里说的，但它一经出去，就有了它该有的去处，跟说故事的人再无瓜葛了。

我的故事还没有讲完，这一讲就是几年。

几年前我想，幼稚如我，并不足以理解当时遇到的事和人。那时我还没有经历彻底的绝望，没有找到奋不顾身的爱情。还没有失去过，没有从高处坠落，没有在大笑时迎头被泼一盆冰水，没有在眩晕时被给予当头一棒。

也还不知道，有些事情过一段时间就会被忘却。我有意将其搁浅，等待它沉淀。

可喜，也可悲的是，我竟有了答案。它来得有些意外，但终究还是来了。

许多事是如刺青一般烙在骨血里，跟着你走的。

几年的时间，我从一个女孩，变成一个女人；它从零碎的故事，变成零碎的回忆。

那么，它姑且算一个女孩子生命里的成长痛，像每一个你遇到过的女孩、女人、姐妹、母亲一样。若它有幸被有心人路过，被注意，被捡起，这便是它应该存在和存在着的全部意义。

对于我这样没有固定轨迹的人来说，定期停下来思考，似乎是必不可少的事。

我的宗旨是，如果有些东西是你这辈子无论如何也放不下的，那就尽早做，尽早学。

生活走到哪里停下来发现都是回忆，若干年后，幸而还有文字和图片活生生地摆在那儿，让我经常在某个无所事事的午后，想起过去，莫名其妙地恍惚起来。

那时年少，爱一次就海枯石烂，失恋一次就天塌地陷，于是一个人在欧洲，没有任何理由地背起包到处流浪，不知是追寻还是逃避，不要命了一样。现在安安全全地回头看时，才发现人生里的一切美好都来自瞬间的冲动和无知，知道越多，畏惧越多，如此想来，单纯似乎是生命里最大的力量。正是那种瞬间的冲动才让我遇到了后来的许多人和事，正是后来遇到的许多人和事才造就了今天这样的我。

重新拾掇起那时的文字，拾掇起曾经的我，好像眼前还能出现那个小女孩，扬着一张并不可爱的脸，穿梭在耶拿的宿舍和食堂，在瑟瑟冷风中，认真咀嚼每一处痛苦，下意识去回味每一滴眼泪，将有形无形的触动化成实实在在的白纸黑字，心里想着留不住风景，就留住回忆。现在看，那时是对的。

岁月流逝，文字永恒。

旅行是瘾，染上了就戒不掉。那种发现一个新世界给自己的身体和灵魂带来的快感和冲击，就像一支兴奋剂注射在身上，给你震撼和感叹；好像远方有一个呼唤的声音，让你去追；好像感觉眼前一直有一只看不见的手，拽着你踏遍万水千山。这种兴奋感，出现在每一次的碰撞当中，每一次你看见不一样的山和水，不一样的建筑和人群，不一样的生活气息和风土人情，都像一个躁动不安兴奋雀跃的异类，在一个全然陌生的地方，欣然接受自己被同化。

它让你知道，世界远比你想得更加美好或残酷，它有许许多多你触摸不到的真实。

你遇到那样的一些人，他们跟你以及你身边的人完全不一样，他们用你从未想过的生活方式，好好地活在世界上。你好奇地走近他们，然后感叹，原来人间还有这样的生活，原来生命还有这样的状态，原来自然给了人类这么多种选择。原来，所谓的禁锢，只是人们活不出自己的内心和面对内心里另一个自己时的彷徨。

当你将愚钝的肉身坦然交给这水深火热的世界，当你乘着火车，看山水和街道从身边呼啸而过；当你路过涓涓细流的河水，路过鲜花盛开的山顶，路过形形色色的人群；当你疲倦到一定程度，孤身面对全然陌生的自然或人文环境；当你语言不通规矩不懂；当你遇到各种各样的麻烦；当你开始身处寂静拷问灵魂；当你开始接受来自陌生世界的各种各样的帮助；当你终于流出眼泪，开始相信人间真情……你会变得柔软而坚定、开阔而安宁。

有人问，人们到底能在旅行中得到些什么?

什么都得不到。

不但得不到，还要把自己谦卑地奉献给自然，它为你的灵魂注入一些新鲜的血液，再还给你的躯体。在这个过程中，你没有身份，没有性别。你时而是一位冷静的旁观者，时而是那置身其中的有故事的人。

路过微笑，路过离别，路过酣畅淋漓的爱情，路过红尘中的男男女女，于这千万人的千万个故事里，你将很多咬着牙要记住或者遗忘的爱与恨，忽地抛诸脑后。

行走在天地自然之间的一尊生命。上了路，一切靠缘分。

如此，你便不仅是一位行者，你已经成了一道风景。走着走着，你会突然原谅了你自己，并原谅这个世界。更重要的是，你居然遇到了那些来自世界其他角落和你一样寻找爱并且渴望理解的人，你们称对方为同类。

人说，纵然情到浓时天雷地火，爱的最高境界莫过于一个“懂”字，于浩瀚宇宙苍茫人海当中，你遇到一个人，你懂他，他也懂你，那么相信我，这个世界上，已经没有人可以给你更多。

人在路上，就会爱上那些漂泊的生活、自由的生命以及亲身经历的各种故事。

世人不知其中滋味，以为荒唐。

如果爱，就出走吧。回到人之初，变成小孩子，任性一次，在短暂的有生之年。

午夜巴塞罗那

没到过“远方”时，以为“远方”到处是诗，有天终于到了“远方”，却发现自己成了“远方”眼里的“远方”。

有天晚上，我身在法国尼斯，突然心血来潮地想去巴塞罗那，于是准备好欧铁通票，忙不迭找到去西班牙的火车，紧接着把自己和背包塞进去，像把自己往命运里那么一放。

那是我第一次去巴塞罗那，到达中心火车站时已经快晚上十点。巴塞罗那的火车站晚上是不开门的，人都走得差不多时我才发现我一个人站在空旷的火车站大厅里，像个天外来客，好像根本不知道自己身在何处以及将要去向哪里。火车站里只剩我和身边不远处的几个青年男女。

他们在看着我，正好我也在看着他们。于是我走过去问他们怎样才能找到青年旅社，他们看着我的眼睛像在问我你只身来到西班牙却没有提前找好旅馆？！西班牙人毕竟天性浪漫热情，一个从不使用旅行指南，手里没有一本《孤独星球》（*Lonely Planet*，旅行指南）的人似乎更加招人待见。他们面面相觑，告诉我现在去找旅馆是不可能以及没意思的，既然来了巴塞罗那，为什么要把时间浪费在旅馆里？

我后来扭扭捏捏地被这些人拉着去了一个露天的大party（晚会），因为他们告诉我，如果我不去，还可以选择一个人留宿在火车站门口。

于是，刚来西班牙的我就和这样一群偶遇的西班牙年轻人一起搭上了公车去往party现场，后来才知道那是个摇滚乐队的演唱会。

我问他们，那演唱会结束了怎么办？他们看着我，一起说结束了再说之后的事！

好吧，这就是西班牙人。这几个年轻人都是巴塞罗那大学的学生，一起在一个镇子里长大，小A和小B——一个是带着女性化和文艺气息很浓的写字的男生，一个是胡子和体毛都很重的中性化的女生，都穿着唇环、鼻环、耳环，出奇地善良和友好。

那个露天的party我们玩儿得很疯，我们一起大声唱歌，抱着跳舞，他们喝酒、抽烟、谈情说爱，不停地有西班牙的男孩子来跟我搭讪，他们会自然地把我搂在身边说这是我们的人，他们罩着我和我的背包，像一群哥们儿。party过后已经凌晨两点多了，喧嚣过后，那片空地静得厉害。他们一群人看着站在废墟里的我，连个商量也没有，就说“回家吧”。多好听的一句话，对一个流浪者来说，“home”这个词简直是种奢侈。

我们几个人就这样，前前后后走在凌晨三点的巴塞罗那街头，诉说自己的梦想，有烟花开放后的冷清和落寞。

“我想当一个作家，我每天都很认真地写博客。”那个漂亮的文艺青年说。

“我们太穷了，我们什么都没有。要很努力地打工，才支付得起房租和交通费用。”小B说。

“我从小就学钢琴，想在有很多观众的舞台上弹奏……”

他们是行走在这座城市里的最普通的大学生，家庭不贫穷也不富裕，他们有时会逃课，成绩不是那么好，也不很糟糕。他们声称要找有钱人，却在混沌的人潮中执着地寻找和守护着自己的爱情。他们有梦想，他们带着梦想在这个社会中变得越来越现实。

他们在人前疯癫，在人后失落。

他们在成长过程中逐渐长出了一层坚硬的外壳，内心却包裹着不为人知的柔软和脆弱。

他们在坚持自我和被社会“驯化”之间苦苦挣扎，他们是这个时代里的年轻人。

午夜的巴塞罗那，有梦，有爱，有笑，有哭，有伤心和沮丧，有愤怒和疯狂。有一群年轻人，走在路上。

那天晚上，我和一个女孩回到她的宿舍公寓，睡在一间空房里，第二天一大早，我留了一封英文的感谢信，独自离开。

我在这座城市里晃了一大圈，没有找到要找的人，不想找了，也不想走了。我找到一个高处的天台，看着夕阳大的巴塞罗那，哭了起来。

很多时候，我们会突然很想念一个人。他有可能是你爱过恨过骂过，经过很久也忘不掉的情人，更有可能是跟你吃过同一碗麻辣烫、穿过同一条裙子，一起喝过酒，一块儿骂过人的姐妹或哥们儿。

在一起时，朋友之间的相处已经成了习惯。但天各一方时，你才会想到，为什么这个跟你没有任何血缘关系的人，竟然能隔着这么远的距离牵动着你的神经。

你开始回忆起每一件你和他一起经历的平凡得不能再平凡的小事，那些你们一起走过的街，一起吃过的店，一起看中的某件衣服，一起哭过笑过的某部电影……

那些街头巷尾历历在目的，仿佛一闭上眼睛就能碰触到的人和故事，它从来就没有过去，你从来就没有忘记。但当睁开眼睛时，你才清醒而无奈地承认，那些青春里风一样从你身边一晃而过的东西，竟成为你漫长生命里再也追不到、找不回、忘不掉的回忆。年少时从没想过去珍惜和在乎的东西，就像树脂邂逅了昆虫，变成琥珀一样，收藏在你的心里，于喧闹处掩藏，于恰当处提醒，阻止你变成一个冷漠无情、麻木不仁的成人。

天台上，黄昏里。远处是吵闹着的滑板少年，我安静地坐着。

而你，你在哪里？

你的身边，有人牵着你的手吗？

我和你们的瑞士

“我每天在这条街上遇到无数人，只有你一个人用这样的方式跟我打招呼。”

我特别喜欢扎在富豪堆里。比如，在千万富翁堆里，我跟那些百万富翁都属于穷人，这感觉让我舒坦，所以我喜欢瑞士，就好像我理直气壮地说出自己穷的时候，谁知道我的“穷”跟那些有别墅有车，但在瑞士仍属穷人的“穷”是不是一种呢。

我晃荡到瑞士的时候，身上的钱真不够在那些每晚一百多瑞士法郎的最普通的小旅馆住宿了。我之所以这么穷还敢这么耍，是因为从某种程度上来说，我是个朋友比钱多的女人，到哪里也不需要特地找旅馆，所以我大摇大摆地走在瑞士街头，因为瑞士的流浪汉也会比我有钱一些，我觉得非常安全。

当一个人没什么可失去的时候，面对世上的一切就会变得非常坦然。我坦然地躺在这个资本主义国家的河边看落日，坦然地呼吸这个有钱有闲的国度的空气，坦然地游荡在苏黎世的每个角落，坦然地将自己的命运交给自然。

天黑之前，也许又会有些什么故事发生吧。我遇到了两个男人：一个中国男人，一个有着一头金黄头发的伊朗男生。

中国男人看样子快五十岁了，看到在街上背着旅行包行走的我，就跟我打招呼，我也自然地跟对方打招呼，这个招呼让正在赶路的他们慢下来，跟我一起走。

他说，我每天在这条街上遇到无数人，只有你一个人用这样的方式跟我打招呼。

我们就这样相识，并聊了起来。

这男人的父亲曾是中国某省的省委书记，因某些原因出了问题。他是家里的小儿子，当时也就二十多岁，带着刚结婚不久的妻子一起逃走。先逃到香港、澳门、台湾，又跑到非洲，后来到法国，最后到瑞士。这一路他历尽磨难，并不好过，老婆一直不离不弃。从二十几岁就开始逃，他从没享受过什么青春，所以他对我的故事感兴趣。他请我和他那位朋友一起吃饭，在夏季傍晚的苏黎世，我们三个人坐在河边的餐馆里，喝酒聊天。

看，我就这么遇到了一位经历奇特、乐善好施的人。

他问我，你为什么不找一家旅馆住？我说我穷。年轻嘛，不就是那些能够大声并且理直气壮说出自己有多穷的日子吗？如果一辈子都不富裕，那最好就将那些无法忍受的贫穷在年轻时呐喊出来，因为随着年龄的增长，人愈加会失去这些资格，而且作为一个女孩子，这样似乎还能显得自己比较正直似的，何况我又穷在瑞士，这个随便往地下挖一铁锹就能挖出黄金来的地方。

他笑，说你没有钱，却拥有勇气。

真是文艺。

他问我时间。我说你等下我看手机。他问你没有手表吗？我说没有。他想也没想就把腕上的手表摘下来送给我，我一看上面写着made in Swiss（瑞士制造），我怎么也不能平白要人家这么贵重的东西。可是推托不过，他最后还是把手表送给我，说留个纪念。又问我有没有手机，我赶紧说有，他说你要是没有手机我就把我的送给你，一个女孩子在外面不要太苦自己。后来，他给我买了一大堆吃的，要花钱给我订一家旅馆。我觉得太贵了，虽然他纯粹是好意，我也不想接受，只跟旁边那个叫汉姆的男生回到公寓。

公寓里有很多房间，我很信任他们。但如果说对方没有一点儿想出格的举动那也太失实了，而且也说明我太缺乏女性魅力。事实上有，但是我拒绝了，他表示了对我的尊重。

于是，我们就开始聊一些与灵魂和内心有关的事，比如过去、回忆、青春、梦想之类的，果然他很受触动，我第一次意识到这些话题还能在半夜用来防身。

他好像找到了一个倾诉对象，毕竟同在异国漂泊的我其实很容易理解他的心理，他说他家在伊朗，跟家里关系不太好，父母离异，他一人在瑞士打工念书，梦想是能拿到身份留下。他给我讲了许多事，包括我们当时所在的那所房子，也不是他的，是一个包养他的瑞士女富婆的。

我问你们是怎么认识的。他说，哦，在瑞士这个地方，到处都是有钱人。当时他在一家咖啡馆打工，被女富婆看上。女富婆请他聊天，得知他是学生，住的地方不好，就把自己一所空出来的房子给他住，她每个月过来一次，支付一切物业费用。第一次她来，汉姆说你随便坐吧，女富婆进门一看，根本没有椅子，汉姆坐在地毯上，像平时那样。女富婆于心不忍，马上买了一套家具来。

我问她就白给你住吗？你不需要做什么吗？我真是傻透了当时。

他说就是一直讨好她，哄着她开心。

我在他那儿待了几天，白天我们在瑞士各处旅行，去了很多个城市，他充当导游，我们还去山上摘果子吃。晚上再坐公车回来，买菜做饭，我用中餐报答他的收留之情。我在厨房做饭时，他表现得像个拘束的客人，站在旁边像个小跟班，我只好指挥他做这做那，一整顿饭做下来都是他在做我在指挥，他说怕会累到我。

真是，以后遇到那么多男人，都没有这个体贴。

做完饭我们把餐布铺在地上，连速食带各种菜也凑够了“五花八门”，他突然变得很客气很害羞，吃饭都放不开，我只好表现得像主人一样，让他吃这吃那。他咽了一口吃的说，我在瑞士六年了，第一次有人做饭给我吃。

他说很想念他妈妈，希望自己会变得足够强大，强大到能保护他妈妈不再被他爸打。

我坐在离开瑞士的火车上，突然发现在瑞士那么多天好吃好喝好玩儿的，居然一分钱也没花。几个月后我给那位中国先生打电话，在他给我那么多东西做纪念的时候我就想，天下没有白吃的午餐，既有所予，必有所取，我一直好奇他究竟要取什么。谁知他都快把我这个人给忘记了。他压根儿就没想过索取，他说他也有一个像我这么大的一直想要去外面旅行的女儿，他希望他女儿出门在外的时候也会有人保护。

许多人途经我们的生命，在擦肩而过时以为那些一经过去就会成风成露，没想到有些人与事却留在回忆里，生根发芽、枝繁叶茂。

我后来一直想起这件事，我想世界上的人的确不都是坏人，正如你和我都有善良的时候，别人也同你我一样，你在害怕他们的时候，他们也在担心你是不是个坏人，你在想帮助别人的时候，同样也有跟你一样的人，会不求回报地帮助你。

里斯本的流浪歌手

从夜车上下来，迎面赶上着急升起的太阳。

我翻过了几座山，蹚过了几条河，还漂过了不一样的海，从意大利到葡萄牙，不敢停留半步，也无意停留，其实只为了找两位我想找的朋友，只想告诉他们我真的很想念他们。

我给他们发完信息后忐忑地在街上走，对于他们是否能看到我的留言，一点儿信心也没有。我安慰自己，既然已经做了能做的，剩下的就听从命运的安排吧。

我大口呼吸里斯本带着咸味的空气，脑海里出现那句话，海水的味道是咸味，佛教的教义是解脱。

这是我夜以继日想要到达的地方，阳光下有闪烁着的大海，大海边有每一条街道，不管结局怎样，我终于走在这里，走在我亲爱的姑娘和少年成长的家乡。

爬上一座城堡，放眼下面的里斯本。一个男人走过来搭讪，年纪不轻，但肌肉线条明晰，声音洪亮。

他是一位流浪的吉卜赛歌手，也是诗人、词人、行者、画家，能说十国语言，拥有从十八岁到四十五岁不等的、分别来自世界各地的情人。

我本想安静一些不被打扰，但这样的男人，你终究是能感受到他的与众不同的。

那些走过很多的路、看过很多的风景、睡过很多不同的女人的男人，在女人面前，早已变得游刃有余。他会让你知道，他喜欢并且尊重你，但不是非你不可。他不紧不慢、不慌不忙地在你面前展示着自己。他把节奏控制得不至于因为过于激烈而把你吓跑，也不至于因为过于冷淡而使你放弃。他催眠你的感官神经，使你深信，他就是最适合你的。

他让我突然觉得，女人最大的敌人不是岁月，是爱情。少有女人逃得了情蛊。爱情让女人受伤、成长，从血泪模糊的道路上爬起来，咬着嘴唇重新审视自己。几乎每个女人都有看着一个渐行渐远的背影独自舔舐伤口并等待其愈合的过程，在带着一处不疼不痒的印记前行时，逐渐成为女人。

也有那些天生理智的伶俐人，能凌驾于爱情之上，权衡于婚姻之中，着实免去了许多不必要的伤害。只是那些从不曾受伤把自己保护得周全的姑娘啊，当岁月老去、午夜梦回时，会不会在自己一根根的白发上，看出那么一丝丝后悔与遗憾。

“当年啊，当年我竟不曾深爱过……”

“睡过多少个女人？”我问他。

“不记得了。”

“有没有最爱的？”

“也不记得了，你呢？”

“处女。”

“什么？！”他一脸不可思议的表情看着我，没有丝毫顾忌地从上到下打量着我的身体，脱口而出，“把第一次给我吧！我这么喜欢你！女性的第一次非常重要，需要一个明白而温柔的男人。”

我狂笑，没有看他，说道：“跟你？！除非我疯了！喂，你不会有处女情结吧？”

“我从来没有碰过处女呀！我活了一辈子都没碰过处女呀！”他说。

“有什么区别呢？”我继续问。

“男人喜欢探索呀！你看，和一个处女做爱，那么她关于性的一切体验都来自你，她的身体就像一个未知的值得人探索的领域。”他说。

“哼，那算什么能耐，一个处女，一无所知，是个男人就能驾驭得了，有本事应该去挑战熟女呀，探索出别人探索不出来的东西才行。”

他不回答，我接着问：“那么你说，怎样才能维持一段感情？”

“感情啊……”他说，“依我的经验看，一共需要三点，双方同时拥有对彼此的责任感，双方在生活和性方面的默契，以及对于拥有对方的渴望一致。三点如果都有，那么就会拥有长久而美好的感情。三者缺任何一个，感情都会出问题。”

“二十多年前，在南美洲的野地里，刚做完，女人说给我拍张照，就拍了。”他拿着照片，看着照片上年轻的自己，想起那段情事，微笑起来。

正说着，跟他一起唱歌的搭档来了。我一回头，一个年过八旬、头发花白的老爷爷拄着拐杖走来。

他们开始工作，我站在他们对面不远处，看风景、听歌、鼓掌。

鸽子们听到音乐声纷纷飞了过来，散落在旁边的树上和地上。音乐果真是没有国界的。

鸽子走了，留下一堆鸽子屎。

我站累了，就走过去加入他们，坐在他们中间，一起和声。过了一会儿，老爷爷要吃饭了，就停下，从包里拿出蔬菜、面包和香肠，到后面的椅子上去做三明治吃了。

“你唱首完整的歌吧，我试着给你伴奏。”男人说。

我挑了《你的眼神》，清唱给他听。他听了两段旋律，就开始用吉他来给我伴奏了。这是一个有趣的组合，很多人围过来，给我们拍照、录像。

我们吃饭、聊天，辗转了几个不同的地方，用卖艺的钱去买冰激凌，然后，我跟他们告别，男人给我留下联系方式，希望第二天可以约我见面。我本来也想第二天去买他的专辑，但第二天有其他事，缘分尽了。

而对于老爷爷，我几乎一无所知。他为什么这把年纪还拄着拐杖出来唱歌，我不知道，也没有问。我只看到，他不嫌累，唱着歌，饿了就自己做个三明治，然后再用一天赚来的钱买个冰激凌，喝杯咖啡，吃些小点心，把剩下的钱揣兜里，拄着拐杖慢慢走回家去。

而我也早已收到朋友的短信："亲爱的，我太高兴你到葡萄牙来了！我现在太忙了，到晚上八点才会有时间，好好享受里斯本的夏天，这里是你的家，不用担心，下班后我去接你！"

我一边走着，一边想着老爷爷拄着拐杖的背影……

生命真好，感谢陌生人。

有幸遇见你，在短暂的有生之年

有时候，旅行就像品一杯红酒。酒和人的感情，不仅在于觥筹交错间唇齿与酒缠绕的快感。

酒使人燃烧，留恋；人对酒回味，不舍。上好的红酒，是让你在与她相遇了很久之后，抿抿嘴，还有回味，还能想起当时喝酒的心情，和那些陪在你身边的人。

晚上八点半，我跟朋友马塞洛约好在地铁口见面，我开心地在地铁口手舞足蹈，像个等待回家的小孩。

也许流浪的人对家的执着是不被人理解的吧。走过半个欧洲，勇敢地睡过多次火车站，却从来不抬头看那些回家的故事。但这次有人来接我，这次我像是要回家。在那些迎来送往的拥抱和亲吻面前，我终于有了底气彻底地开心和哭泣。

他出现，在远处大喊着我的名字。我看到他，听到他喊我的名字，再也抑制不住自己的感情，好像许久以来逐渐形成的某种东西瞬间垮塌。我哭着跑过去拥抱他，又一边哭一边含混不清地诉说思念。走了这么久的路就是为了来告诉他们这个，恨不得将全部力气都用上。憋在心里的话对应该听到的人说出来，哪怕现在就回去我也甘心了。

我因过于激动，整个人亢奋到安静不下来。他一边抚着我的背一边说："我今天一天过得都不好，最近工作特别忙，我没办法提早下班。我担心你今天过得不好，我一直在想，哎呀，Choco自己在这边啊，Choco 自己在这边啊……现在好了，我终于见到你了！走吧，我们回家吧！"

回家吧。没有更恰当的表达，没有更合适的词语，没有必要多说什么，于我，这三个字，足以抵消一路上所有的委屈。

我跟着他回家，吵吵闹闹手舞足蹈地给他讲这一天发生的事、遇上的人。

到家，他去厨房洗菜做饭，我拿着相机给他拍照聊天。不知道为什么，在他面前我永远像个疯孩子，说话用喊的，走路用跳的，每一秒都是开心的。他一边炒菜一边聊天一边给我找各种吃的，总是说，哎呀，这个你肯定没吃过，哎呀，这个是葡萄牙特产你一定要尝一尝……我就这样看着忙忙碌碌的他，心生欢喜。那些微小的感动，几乎可以战胜一切，心里的各种褶皱，也逐渐被熨平了。

你说，这人间的酒色财气、七情六欲，是不是比不得这简易方桌上的二两米饭、一碟小菜？你锦衣绣袄，狐服貂裘，挥金买笑，一掷千万，但你如何买得来寻常人家的一抹红袖添香？

饭后，马塞洛载我去接另一个朋友，也就是他的女朋友玛利亚下班，我们三人一起去拜访玛利亚的母亲。玛利亚的母亲是个巾帼不让须眉的女人，很有个性，十八岁就单枪匹马地自己搭车走遍南欧，不到二十岁就生下了玛利亚，说话做事痛快爽朗，雷厉风行。玛利亚四岁时，父母离婚。那时玛利亚的母亲也就二十三四岁的年纪，从此独自带着玛利亚和玛利亚的外婆，撑着家，一直到现在。

我跟她妈妈一见面就互相喜欢，我喜欢她妈妈整个人身上散发出的那种坚强又开朗的气魄，而她妈妈对我也是赞许有加。她妈妈说："呀，这个小姑娘二十一岁就自己走欧洲呀！哈，让我想起了年轻的时候呢！"

我们胡乱地坐在地上，聊天，没命地聊，像醉酒的样子，谁也舍不得睡觉。

在与人相处的过程中，有些人会让我们感到疲倦，而有些人则会给我们力量。有些人，你握着他的手，都会感觉到他拒人千里。有些人，隔着千里，你也能感受到他对你的惦念。

凌晨三点，我开心得睡不着，独自在客厅上网，听见他们俩在卧室里吵吵闹闹地计划着怎么带我玩儿，心里欢喜。在笔记上写下："离开家乡多时，告别祖国一年，流浪欧洲两个月，第一次，第一次有人接我回家。"

第二天，玛利亚翘了上午的课，带我去海滩喝咖啡。

马塞洛一大早就跑到学校里赶工作，等下午工作完成后，到玛利亚这里来接我，带我去吃点心，看夕阳。这是他们最终讨论的结果。

那天夕阳好美，阳光照在天台上一张张年轻的脸上，照在每一个正在发生的故事当中，照在爱情上，洒在命运里，洒向那片见证了战争与繁华的大地，以及大地上顽强斗争的人们。

海风吹拂在我脸上，撩着我的一袭红裙，还有被风吹得早已凌乱不堪的头发。马塞洛蹲在远处吸烟，我趴在栏杆上发呆。周围的地上坐满了年轻人，那些被爱着的和正寻找爱的人，握着酒瓶、抽着烟，有孤独的，有拥抱着接吻的，有三五人一起聊着天的，还有就那么兀自坐着的；黑皮肤的、白皮肤的、黄皮肤的；黑头发的、金头发的、棕头发的……散发出一股强烈的青春味道。

这夕阳，是属于所有人的。

我独爱夕阳，它总是让人在面对它片刻而磅礴的美丽时安静下来，在还来不及唏嘘感叹的深情里转瞬即逝。你看着它来临，看着它消逝，摸不到，也够不着，或许第二天的一次美丽日出，就可以冲淡前一天对夕阳的眷恋。而那些无论多少个日日夜夜也忘不掉的，无论多少次太阳升起或落下也冲不淡的，是在某一次的日落或者日出里，始终陪在你身边，把你当成太阳的人吧。

我看着周围的年轻人，也许他们各自都有各自的愿望和遗憾吧。我转过身，对马塞洛说“我们走吧”，就再也没敢回头。

和马塞洛走在夕阳西下的里斯本街头，我们聊当初的相遇，聊彼此的感情、生活、学业、工作、梦想，走累了，就找个干净的地方靠着墙并排坐下。

我难以定义跟马塞洛之间的感情，我和他彼此爱着、惦记着，却没有丝毫的念头想占有对方，彼此就像是兄妹一样。

玛利亚和马塞洛是相恋五年的爱人，他们早已将彼此融进自己的骨血里，成为彼此不能失去的亲人。五年来，他们的每一点喜悦和痛苦，都一起分享和分担。一起上大学，一起毕业，一起旅行，一起结交新朋友，对待爱情和生活都坦然真诚，让人心生敬佩。

在人群里，玛利亚是千万女孩中最普通的一个。她长相平凡，成绩一般，甚至要比欧洲其他的女孩子稍胖一些，要是她不说话，就这样从你面前经过，你几乎很难注意到她。偏偏就是这样一个姑娘，能让很多接触她的陌生人在短时间内就爱上她。她不是一截了无生机、死气沉沉的木头，她浑身的每一个细胞都如此有感染力，不仅让人感觉舒服，也让人感觉她身上好像总有什么东西无法忽略而不得不去关注她，进而被她吸引，想进一步地去了解和探索，直到最后爱上她。

“她如此特别，从不需要过多的东西来装饰自己，她总是会让人明白她的价值，让你不自觉就去尊重她并且爱她，她很自信，活得真诚，她非常有趣，我爱她，非常爱她。”坐在我旁边，马塞洛一边想着玛利亚，一边这样说着，嘴角带着笑，像个刚恋爱的小男孩。

聊到动情处，他打电话给玛利亚，说要把这种喜悦与她一起分享。玛利亚的声音从电话那边传来，我听到她在电话那端喊着：“Choco！感谢上帝，让我们遇到你！”

马塞洛听见了，也在我旁边轻声说：“是啊，感谢上帝，让我找到你。”

我的情绪变得有些复杂，开心、感激，夹杂着对即将到来的离别的失落。这样一对心里充满了爱又积极坦诚地去面对生活的可人儿，怎么就让我遇到了，我既有幸遇到，又怎能不爱？他们让我懂得，在爱情里，重要的不是你有多么好，而是你的好是否被你爱的人懂得并且珍惜。无论你多么平凡，只要在你爱的人心里，你是无可取代的就够了。

“感谢上帝，让我们还拥有那么多年的时间去爱对方。”我对他们说。

“也感谢你们，让我看到并理解了爱。”我在心里对自己说。

拥抱、亲吻、告别，马塞洛送我上火车。

细细算来，我在里斯本一共不过三十几个小时，却觉得一丝一毫都不曾浪费。与他们在一起的分分秒秒，都是我在跋山涉水之后争取到的。说来也奇怪，有些人，即使相识多年，也不曾走进过你的世界；有些人，虽相处几个小时，却如同至交难以割舍。

生活中不能没有别离，就像五味中不能缺少苦辣。只有不舍才会增加朋友之间的存在感，肚子痛了才知道心疼自己的胃，头疼了才知道自己只有一颗脑袋，失去他才知道原来自己爱过。

怎样来解释这种感情？

生活中总有那样一些人，你们甚至不曾相见，他的苦乐就牵动着你的神经，他的一些语句就能铭记在你的心里。那些遥想的温存，冥冥中竟拧成一股力量，于黑暗处陪伴，孤单时紧随。夜深人静时，你面对自己，才知道，原来人是如此容易孤独的动物，那些内心里最深处的疼痛，竟不足与外人诉说，而你也并不需要外人的帮助或鼓励。你要的只是能有一个人，对你的痛楚的切身理解和体谅。

原来，并不是所有的感情都需要被定义和理解。我扪心自问，你还要什么，在这世上，你知道有那么一些地方，那里有那么一些人，可供想念，你想念他们的时候，你知道他们也在想你，而这想念里，没有自私的占有欲，就只是单纯到我快乐的时候希望你也跟我一起快乐，我难过的时候知道你也不会离开。

火车慢慢启动，看着车窗外马塞洛挥着手的身影渐渐模糊，我自言自语，感谢你们，让我有勇气伸出双手去拥抱黑暗里的风。

爱，并且被爱，于这荒唐的世界，我已不能奢望更多。

索非亚的独居老人

1.

人生的前二十年，我没见过真正的大海，只在梦里、幻想里与之相遇，编写着与之相关的故事。当我第一次实打实地接近伊斯坦布尔的海时，赤足踩在柔软的沙滩上，都不忍心使劲儿踩下去。潮水翻腾着过来，哗啦啦散去，在阳光底下，开出一朵朵亮闪闪的花。那美丽让我失语，让我有一瞬间无地自容，让我在大海边失声痛哭。许多被压抑、被扭曲、被深埋的东西，哗地倾泻出来，如释重负。

司机把我扔在布尔加斯的城郊，在我还没反应过来也没有问清我在哪里时，他就迅速地离开了。那时已是晚上九点多，我看着他渐行渐远的背影，闻着呛人的汽车尾气，觉得旅行以这样的方式开始也不错。

我踉跄地赶到市区，找旅馆无望，便迅速冲到火车站，赶上最后一班火车。那一连串的恐惧和纠结，奔跑时的汗水，慌乱中的空白，在回忆时，就这样被一笔带过。这说明，并不是每一次泪水、纠结、恐慌都足够深刻。

售票员阿姨看我是个赶路的外国人，看我因没有当地货币而又焦急赶车的恳求表情，没收车费就让我上了车，毕竟人情大于制度，这偶尔就是小城市的好处。

有些号码，你熟记于心，但就是死，也不会拨打。年轻女孩的自尊和骄傲，会促使她们在越伤心的时候，表现得越快乐。那是我第一次，说我失去了一个很爱的男孩子，后悔，难过。如果她不让我过去，我第二天就不会出现在索非亚的某广场，不会遇到那个让我难忘的老人。原来命运总有清晰的指向，只是人偶尔会在命运里迷失方向。

火红的太阳透过车站巨大的天窗投射进来，倾泻一地安逸的金黄，把我的仓促狼狈映照得更加凄凉。彼时，我周围就是那些长年驻扎在火车站的地痞流氓。那一双双严厉的、怀疑的和好奇的眼睛，在惶恐又略带迷茫的我身上肆意地乱看。而我除了让自己显得不害怕之外，并不能做其他更多的。

索非亚，我连它的车站还没出，它就给了我一个下马威。

索非亚并不是个十分大的城市，对于一个中国人来讲。

这里到处有流亡的吉卜赛人，她们并不像歌里唱的舞里跳的样子，她们贫穷、势利、偷窃、懒惰、没有家园，是欧洲大陆上一种奇特的存在，是战争遗留下的疤痕——欧洲人是这样对我说的。

眼前的吉卜赛女人，好像永远抱着孩子，洗不净的一张脸上，瞪着黑白分明的眼睛，眼里有惊恐、憎恨、鄙夷、温柔、落寞，而没有慌张。因为再没有什么可以使她们慌张的。她们大声讲话，把任何地方都当成家。看到我时，突然都安静了下来，像发现了侵略者，像找到了共同的敌人。她们用同样好奇、警惕的眼神敌视着我，像受过专业训练，着实让我哭笑不得。流亡人何必为难流亡人，弱者何必为难弱者。

索非亚是这样的地方，当你独自走进这城市的某些区域时，会感觉自己走在一片刚刚结束战争的沙场，它安静、诡异，有随处可见的坍塌屋脊，有满大街的流浪犬。种类之可观，态度之怡然，都超出了我的想象。它们散漫地游荡在街上、超市或饭店门口，你有吃的，它就跟你讨一些；没有，也无所谓。

它们躺在早晨的太阳底下，一副十足的城市主人翁架势，慵懒地看你一眼，既不因你富有而仰慕，也不因你贫穷而鄙夷，这给了我许多安全感——我是说，它们让我觉得我身在一个连流浪犬都可以受到如此优待的地方，可能也不会落魄到哪里去。

兜兜转转，我到了一个连我自己也不知道是怎样来到的小广场。或许是因为喷泉里的水，或许是因为水面上跳动的阳光，或许是因为其他的什么东西，或许仅是因为我的疲惫，总之它牵引着我过去，让我在椅子上坐下。那时我身边有推着婴儿车的妇女、正在热恋的情侣、早上出来散步的老人，还有每日在这片地区蹲点的当地扒手。

有个老男人走过来在我椅子旁边的空位置坐下，我知道他已经盯着我好久了。

我这一路、这一生，总是有不同的男人走近、路过、离开，这让我习惯了对“来”的不惊慌和对“去”的不挽留，然而，它也可能会让我失去珍惜和挽留的能力吧。

对他的到来，我不动声色，并非是因为我遇到过太多这样的男人，而是当时我已经确定自己实在没有什么东西值得人家拿走的了，带着无奈的安全感，我安心地闭着眼睛。

他侧过身，连同我和我扔在地上的背包在内，一并看了好久。最后，大概是我的淡定吸引了他，他跟我说了好些话，我哼哈地敷衍着。他又过来摸了摸我的手，那手法让我顿时觉得他可爱起来，因为那绝非出自肾上腺素跟激素，而是单纯的好奇，像一个小男孩去摸一摸他从未见过的小动物一样，还带着胆怯。

确定他是无害的，我继续睡去，不一会儿，就被一个声音叫醒。睁开眼睛，我看到一张苍老的、慈祥的、带笑的女人的脸，她老得已经不太分得出国籍。这脸和普通人的脸有些不一样—— 一只眼睛是睁不开的，但这不妨碍脸上绽放出笑容。这张慈祥的脸在说着我不熟悉的语言，但是我看懂了，她反复告诉我刚才那个男人是坏人，反复要我看好自己的东西，她会在这里陪着我，以防再有坏人回来。然后，她就兀自坐在我旁边，笑着看我。

如果你也是一个单身并经常外出的姑娘，需要常接触陌生的世界和人，那么你就不得不训练出一些不太受人待见的本领，譬如要比普通人更多一些疑心，无论如何也不能凭眼下所见去做轻率的判断，要迅速分辨出眼前的人对你的善恶。这些本领虽然不太讨人喜欢，甚至不会让你自己更加开心，但至少会让你活得更加长久和安全一些。

这个奶奶满脸兴奋的表情，着实让我觉得奇怪。当时的我还没有现在这样的耐心，浑身是刺，又带着少女的自大和桀骜。而奶奶作为一个被岁月打磨过的人，有着比常人更多的稳重、乐观、坚强、包容和善良，并未把我的无知放在心上。

我被老人交谈的热情搅得无可奈何，也跟她交谈起来。这让老人更加兴奋。

我那时已经可以听懂除中国话以外的至少五种语言，语言的共通性会让我理解世界上百分之八十的人。所谓语言的共通性，并非是我真正理解和掌握了那门语言，而是在极特殊的情况下不得已而使用的强力理解。譬如当你听得懂西班牙语时，在意大利就不会有太多障碍；譬如你会德语，荷兰语也能猜个六七成。当一个人对语言有很强的感受力时，理解或学习一种完全陌生的语言，对他来说就是非常简单的事。

跟所有人一样，老人问我来自哪里，在这儿做什么。我说来自中国，老人就笑了，因她来自俄罗斯。她说："中国人民是俄罗斯人民的老朋友。"——我们村子七十几岁的奶奶也是这么说的——"苏联是中国的老大哥"。

奶奶笑了，我也笑了。奶奶突然问我，要不要喝咖啡，她一边指着喷泉另一侧的咖啡摊，一边竖起大拇指。

咖啡对于欧洲人来说，是每天清晨必不可少的，是早已融在血液里的文化，是招待客人的最好饮品。但我面临的问题是：一杯陌生人递来的咖啡，喝还是不喝。

慈祥的奶奶期待地看着我，我还没回答，她就起身了，蹒跚地走向喷泉另一侧那个看不太清的咖啡摊。她不站起来我还不知道她是这样矮小，以前我也从未真正注意过一个老人的背影——缓慢、蹒跚、坚定。她以这样的背影离开，以这样的身影回来，手里多了一杯咖啡，坐在了刚刚留在这里的她的提包旁边，递上了像给生病孙女一碗米汤时的关切眼神。

那时的我，刚刚受过感情的伤。年轻气盛时，受到的伤越大，表现出来的也越发坚强，也不知那坚强是给人看的还是骗自己的，有点儿像受伤的小野兽回到山洞里舔舐自己的伤口，而不愿接受人家的关心。但这装在一次性纸杯里的热咖啡，足以让当时的我生出一种人在爱里死、做鬼也值得的心绪。我问奶奶为什么她自己不喝，她笑着没说话。这使我有点儿心酸。

我第一次觉得咖啡不苦，也生出许多愧疚来，折磨得我不知怎样才好，屁股上像长了钉子，坐也坐不住。老人又问我喝不喝水。这时就算问我喝不喝毒药，我也甘愿点头了。老人拿起我的大水瓶，以同样的步伐走到喷泉的另一侧，又以同样的步伐回来。喷泉的另一侧，真是个奇妙的世界，好像什么都有。

“那里有泉水，是很多年前就有的，当地人都来这里打水喝，许多游客到这边来，都要去那里接一桶水。”奶奶提着一桶好像比她还沉的水回来后，这样比画着解释。

咖啡喝了，水也喝了，接下来还要什么？

老人问我：“你去哪里？”

“不知道。”

“住哪里？”

“不知道。”

这是事实，也是敷衍。把自己应该考虑的问题推给别人，这并不是我一贯的作风。然而这敷衍并不奏效，老人想了一会儿，要我跟她走，我想也没想，抓起背包，起身就跟着走了。当人一无所有时，动身并不需要考虑很久。

我们走了好长的路，路过了她工作的地方——某户人家。这个连走路也蹒跚的老人，是个钟点工。这个给人打扫卫生和看孩子的老人，带着我，经过了她应该去工作的地方，来到一家中餐馆。此时，在这样一个语言不通的地区，能走进中餐馆，总还是有一些安慰和归属感。

从餐馆里走出来的是一个和我年纪差不多的姑娘，很吃得开的样子，用保加利亚语交谈。姑娘过来跟我说，这个老太太要去上班啦，已经晚了有一会儿了，你在这里等着她，她两个小时后就回来了。说完朝我会心一笑，像笑家里顽固的长辈一样。

人在年轻时，并无太多等待的耐心，也常因此而错过许多本可以铭记的人和事。然而当时，好奇心战胜了不耐烦，我坐在中餐馆外面，和姑娘聊天，看过往行人，等待奶奶，像等待一个接下来要发生的故事。这等待里充满了刺激和未知，我预感到，此刻的等待，也许比即将踏上的未知路要值得许多，那也是我人生里关于等待的第一堂课——有些时候，等待，比离开更值得。

我坐在微风里，看姑娘熟稔地和顾客聊天、调情，还不忘时不时回头对我笑一下，翻译一两句，以防我觉得自己像个被冷落的人。

这八面玲珑的待人接物，真令人又感叹又心疼。我按捺不住好奇心，忍不住问她一些我常常被问到的问题，比如，你为什么到这里来？是发生了什么吗？你从哪里来？来了多少年，等等。

姑娘三言两语就用伶俐的真诚打发了我。“五年，开始两年是很难，话不会说，现在好很多；其实，终究比在中国混容易多了。”那表情，配合那样的语气和干净利落的言语，将成年的沧桑与少女的天真集于一身，果然是一副千锤百炼的样子。

有时，人是被迫成长的，虽然自己并不想。

我从这个姑娘身上，想到我自己，不禁发起呆来。

那个奶奶，就在这时，带着喜庆的表情，蹒跚地回来了。

2.

这个仅有一面之缘的奶奶给人打扫完卫生回来，来找这个仅有一面之缘的我。

离老远她就看到了我，脸上挂着笑，加快了蹒跚的脚步。有那么一个恍惚的瞬间，我觉得她就像是在村头接我和我妈回娘家的姥姥，我这么想着，不自觉地站了起来，胳膊奓拉着，不知道往哪里摆。

两个萍水相逢对彼此毫不知情的人，竟生出了久别重逢的感情。

我情绪饱满地想说点儿什么，却被突如其来的感情弄得不知所措，一肚子话卡在嗓子眼儿里，不知让哪句先出来。

人真是有意思，信口开河时能洋洋洒洒写出成千上万个字，在真情面前却显得木讷笨拙。

我一张嘴就问奶奶饿不饿，想不想在这儿吃点儿东西。

我们家乡的人，凡对人好，总是要絮絮叨叨地让人家吃好吃的，让多吃一些。

我盘算着身上的钱，看了看菜谱，谢天谢地，那个地方物价并不高。我之前不太敢在欧洲的餐馆吃饭，我舍不得花那么多的钱，舍不得给小费，也不愿意让人家看到我的窘迫，索性连进也不进、看也不看，饿就饿着。

那是第一次，我看着菜单上面中国饭菜的图片，觉得饿了，觉得以前省下来的钱真好。

我已经沉浸在可以通过自己的力量回报爱的喜悦里了。奶奶竟说她不吃，我就惊讶了，怎么不吃呢？我让掌事姑娘问奶奶是不是吃过了，如果吃过了，我也不吃了。掌事姑娘告诉我，她说不饿。

刚才在椅子上，奶奶问我为什么不去住宾馆，我说因为没钱。

那时我想，人在外面行走，让自己看起来穷总比不穷好，且毕竟年轻，可以坦白自己的贫穷。我在慕尼黑打工时遇上的第一个老板，看中的就是我贫穷又不屈服于贫穷，他年轻时也穷，只有贫穷过的人，才会真正理解贫穷的人吧。

我一瞬间明白了眼前这个奶奶为什么不肯坐下吃饭。这更坚定了我豁出去再睡几天火车站的决心。我大手一挥，点了两个菜、两碗汤，那架势简直像农奴翻身做了主人，我沉浸在自我幻想出的万丈豪情中。

那家餐馆分量实在，我从没见过那么大一盘香酥鸡，甚至怀疑是不是掌事姑娘给我的特殊优待。我那时有了被抛弃的后遗症，像狗一样，在任何人身上寻找被爱的痕迹，哪怕是意淫的也好。

我后来常想，人需要希望，即使希望可能是人间最大的谎言，但希望也是生活在痛苦里的人唯一的麻醉药，你反正已经痛苦了，有了它总比没有的好。

奶奶不吃菜，只喝汤，她喝一口，就抬头看我一眼。一边喝汤，一边看我。

我至少有两年没被人用那样的眼神看过了，那一顿饭吃得我哽咽。

奶奶转身要掌事姑娘给我翻译，说看我一个女孩子在这个地方太危险，要我去她家里。

姑娘在给我转述这些话的时候，眼神柔软得像水，笑着看我们一老一小，那笑容像一缕清风。

吃完饭，我和奶奶回家，奶奶要给我拿背包。

有时候你本来很累，但别人一要帮你分担时，你一下子就不累了，浑身是力气，走得也快，脚也不疼了。

公交车上人并不少，有些吉卜赛人正说着话就突然吵起来扭打到一块儿了，我被奶奶拽着麻利地走到后面。她让我站到车尾，用她的身体挡着我。

我在那之前陷在自己营造的纯美世界里不能自拔，后来我对此常常又哭又笑。我甚至都不知道自己喜欢的人到底在哪里，却又不停地寻找，好像这样拼命地一直走，就能走到他身边，走进他心里似的。我在人人网上更新消息，发布自己所在的位置，那是我自作聪明写给他看的，我幻想着在某处会与回了头的他相遇。我不停更新着心情，开心的和无助的，偶尔表达一下对某个不知名的人的想念，偶尔展示自己无与伦比的坚强。可是喜欢我和讨厌我的人都不是他，一切又有什么意义呢？一个人对另一个人的最狠之处就在于不理会。

有段时间我觉得自己快死了，那时我被里里外外的压力和打击挤压得不成形状，并因此患上轻度抑郁症，我以为这个时候他总该出现了。我想着这时他如果出现了，他就是我的盖世英雄，无论天涯海角，我跟他走。可是我想多了，猜中了开头，却没猜中结局。我在黑暗的小屋子里觉得自己快死了的一刹那，突然又觉得不应该就这样死，那一刻，我想彻底忘记他，并且对他不抱任何希望，但我不敢，连放弃都不敢。某一个要死不死的时刻，激发了我的自尊心，我觉得无论如何也要活出个样子来。但那样强烈的自尊心瞬间就崩塌了，转而变成了被那样好的男人喜欢过，我无论如何也不能丢他的脸。人在爱情里的犯贱指数，大概是高得无法估量。

跟奶奶在一起走的这一路，这些乱七八糟的事情不断地浮现在我的脑海里。

我看到一个孱弱的身躯，因保护一个人而变得坚不可摧。突然觉得，只有那些心里有爱的人，才有面对庞大世界的勇气和力量，才能于乱世中，不慌不忙地坚强。也突然明白，当一个人真正感觉到被爱时，他才感受到尊严，才更加自爱。

我在那一刻突然哭了，并且控制不住自己颤抖的身体。

这哭让所有看到的人莫名其妙。奶奶连问也不问，她对那些盯着我的人笑笑，拍拍我。那一刻我似乎看得出来，一个饱经沧桑的女人，深切地明白，女人在某一时刻的眼泪，并非因为那一时刻的事情，多半是许久以来的积压，恰逢那时候扛不住了。这样的明白，让我止住了眼泪。

我们就这样来到了奶奶的家。

虽然是在自己的家，但奶奶好像小偷一样，轻手轻脚。她小心翼翼地打开楼道大门，先向里面扫了一眼，确定没有人，才告诫我要轻轻的。这样子让我不由得紧张起来，还好奶奶只住二楼，我们迅速地钻进了她家。

那是我好多年没看过的木头门，上面有简陋的铁链。进屋后，奶奶回身把门锁了又锁，又拿了根擀面杖似的木棍杵在门后。她给我使眼色，意思是如果有坏人进来，我们可以用这根棒子打他。

我难以想象，什么样的经历会使一个老人对自己居住的环境这样胆战心惊，更对这样一个小心翼翼生活却又如此轻易就把陌生人领回家来的行为表示莫名其妙。

我说要去卫生间洗澡，奶奶居然热心给我找换洗的内衣和毛巾，还从抽屉里翻出了一瓶看起来新到几乎没用过的洗发水给我。

一打开卫生间的门，我就明白为什么奶奶只买了一杯咖啡，为什么在餐馆时说自己不饿——我很多年都没见过那么简陋的卫生间了。

我从卫生间出来，奶奶在铺新床单，在底下铺了好多层毯子。

屋里，只有一张单人床、一张沙发。我打手势说我睡沙发上，奶奶把我按在床上，又给我盖好被子。

那个动作对于离家在外十多年的我来说，甚至有点儿过于亲密了。

我不安地躺下，又不安地坐起，我想张开嘴巴说点儿什么，可是我们语言并不通，并没有自如到可以聊天的地步，我就看着客厅里红色的床，阳台上绿色的花，窗户外面投射进来的暖色的阳光。屋子里干净整洁，阳台上的花枝繁叶茂，厨房里的摆设规规矩矩。这不是一个富裕的家，但这个家里有不屈的尊严。

我起来，找了纸笔，把想说的比画着表达出来，给奶奶讲我小时候的故事，像找到一个可以倾诉的人。那是我第一次，说我失去了一个很爱的男孩子，后悔，难过。

她过来一把抱住我，像拍小孩子一样拍着我，还亲着我的额头。之后拿出她的相册，给我看她的家人。

她简短地告诉我，她是俄罗斯人，因为战争，一家人一路迁移到保加利亚，她有两个女儿、一个儿子，都在其他地方，而在索非亚，只有她一个人。

她用左右手一起比画了一个巨大的轮廓。

她指着自己，照片上的孩子和我，做了一个一小点儿的手势。

战争袭来时，一个个生命像飓风一样被连根拔起，如草芥一般被弃于荒野洪流。人民坠入社会底层，成为时代的遗孤，坎坷流离如沧海一粟。

小时候在东北老家，我见过慰安妇的亲人，听他们聊天，看他们几十年后脸上仍然挂着的对战争的惊恐。

男人发动战争，抢地盘，抢女人。古往今来无不如此。那些经历过战争，从死亡线上逃出，于屈辱中攀爬的人，只要能活着，只要活着，就是最大的满足。农闲时，他们往村口大树下一躺，阳光透过哗啦啦的树叶洒在身上，你便看得到那一身挥之不去的历史的灰尘。

一介女子，在残酷的战争面前，作为一个母亲、一个妻子，要守候出征的丈夫，肩负着整个家庭的责任。

女人似水，说的是女人家皮肉的清净。

女人如水，说的是女人水滴石穿的坚忍。

而眼前这个女人，有可能在我现在的年纪时经历过失恋，后来又遇到她的丈夫，组建过一个温馨的家庭，直到有了孩子、有了战争。最后，她一个人生活在索非亚的角落，每日在经由步行、地铁、公交车的四十多分钟后，去做两个小时家政服务，在那儿简单地吃一口饭，再走同样的路回来。这个女人，到了这个时候，家里依然井井有条。她不但自己要笑，也要让别人笑。不但自己要活得开心，也要让别人活得开心。

有那么一个时刻，这屋子里没有人说话。

她的手在相片上不停地抚摸，逐渐慢下来，又摸了摸我的头发，给我看她的小女儿，当时也就十多岁的模样。

我好像一瞬间明白了为什么她不愿我一个人流落街头，费这么大力气把我带回家的原因。也许出于一个母亲某一刻的恻隐之心，若有一天自己的女儿也这样流落街头，但愿有人也愿意对她伸出援助的手。

这个女人久久凝视着照片，那种失神的目光，那双苍老的手，让我想到自己的母亲，或者母亲的母亲，有没有在某一个时刻，独自在家，电视也没什么好看的，下楼又觉得太高，就这样一个人在屋子里坐着，对着子女儿孙的照片，做出同样苍凉的手势。那时，我已整一年没有回家，一切不愿深想。

树上的知了没有停止鸣叫，窗外的阳光依旧闪耀，阳台的盆栽生机盎然。我某刻鼻子一酸，又忍了回去，眼泪再多也无济于事。

晚上，我被要求睡在床上，老人则睡旁边的沙发。我虽心有不安，可有时，若不接受一个人的爱，对那个人同样是一种伤害。

第二天上午，奶奶留我一人在家，自己去工作。

我收拾好背包，知道我该走了，环视了一遍自己住过的地方：门后的木棍，简陋整洁的陈设……

我把床收拾好，用英文写了一封信，留下了我所有的联系方式。我想，奶奶会拿着它给那个中餐馆的姑娘看。我想，姑娘会告诉她，没什么，就是从今以后你多了一个亲人啦！

我从所剩不多的零钱里拿出一些，跟信一起压在枕头下面。我知道，金钱不能作为衡量感情的标准，但当金钱可以作为一点点爱的回报给需要的人时，就是最合适的表达方式。

我放下一张纸币又拿起，又放下，第一次憎恨自己的无能与贫穷。

奶奶回来，亲自送我去火车站。那条相同的路我来时走过，离开时走过，原来人走在同样一条路上时，因不同的时间、不同的目的，心境完全不一样。昨天的一切还是那样，你不再是昨天的你。

我换上了花裙子，车上有人看我时，奶奶就骄傲地笑笑，像有了一个孙女。她用两只胳膊紧紧把我的书包搂在怀里，生怕被人偷了抢了的模样，像一幅美丽的油画。

我不知道什么是成功，但我遇到的这个女人，她让我想起那句话："活得好，笑得多，爱得深的人，就是成功的人"。

PART Ⅲ

我终于失去了你，在拥挤的人群中

我要负责你的开心和幸福，在你之前，我从没想过我会做这样的事，女人伺候我我都嫌烦。但我愿意伺候你，我心甘情愿为你做一切，就喜欢看你满足的样子。你笑，我就满足。

一个好男人带给我的

我觉得我很漂亮，是从我前男友认为我漂亮开始的。

我和他，都很清楚，我并不好看。

他因为喜欢我而认为我好看，我因为喜欢他而爱屋及乌地也觉得我好看起来。

所以我要说的是他给我的影响。

他是我的初恋。

我之前虽然见识过大大小小的各种男生，但正儿八经地谈恋爱，他是头一个。

我是一个特别自卑、自闭、矫情、拧巴的女青年，他第一次说“你真好看”的时候，我感觉这是晴天霹雳，他在讽刺我。那时我们还没正式恋爱。

我渴望感情，又排斥和惧怕它。

这里面的原因很多，有一点是我不太能忍受——身上的缺点都被人看个透彻。

世上没有完美的人，尤其是女人。

许多男人都当女人不是人，不会打嗝打鼾拉屎放屁，女人要时刻美着干净着，一点儿也丑不得脏不得。

许多女人对自己的外表要求十分严格，一点儿赘肉不能有，多吃了几口饭，内疚得不像样，骂自己狠到旁人都听不下去。

我自卑肚子上的肥肉，“肚子”和“肥肉”这两个词，我现在写出来还感觉眼睛给扎得生疼。

我前男友第一次说“你这个肚子啊……”的时候，我的头“嗡”地一声就大了，脑供血不足了。我没等他继续说，就抢着向他保证：“有什么了不起的，我跟你说，这个肚子啊，是最好减的，实在不行一抽（脂）就没了呗！”

他说不是那个，肚子上松松垮垮有赘肉是不健康的表现，你每天往那儿一坐，连动弹都不动弹，这能健康吗？毒都积肚子上，对身体不好。你得运动。

我听这语气，心里顿时松了口气，啊，原来关心的是健康不是身材啊，那就好……

他不觉得我有缺点，他看我哪儿都好，缺点就是特点，说别人还没有呢，我自己认为的那些身材上的缺点，他只说身材不重要，重要的是这个身材看起来要健康。这话从别人嘴里说出来你不会当它是句话，但它从你喜欢的男人嘴里说出来，就是一种莫大的鼓励和肯定。

我自己很少去商场，买衣服也是网购。第一我不愿看导购员轻蔑的眼神，第二我不愿意看商场里那么多美女。

“个个打扮得油光水滑的，给谁看哪，烦不烦人呀。”

跟他走在商场里的时候，我之前那些嫉妒羡慕恨都没了，光顾着感觉自己幸福到冒泡了。

虽然那时我也没有变，一样不会化妆，一副邋遢相，但我旁边的男人不嫌弃呀，喜欢呀，关它全世界什么事呢？！我就是丑到别人看着想吐，也觉得自己美呀！

我不但觉得自己美，我还主动推搡他。

“哎哎哎，你看看这个美女，你再看看那个！好不好看？”

“好看！”

“好看是好看，但你不觉得就是只有我看起来才最开心的样子吗？你不觉得她们虽然好看，但是面部表情都特冷冰麻木，只有我嘴巴咧着合不上吗？”

“是。”

“所以你说哪种好？”

“你好呗！”

我第一次感觉到自己走在街上的美女当中，没有因为拼命地打扮自己才有的自信和快乐，得意扬扬。

他不吃水果，想不起来要去买点儿给自己，而知道我喜欢水果，每天都不忘带回来一些给我，提醒我别忘了吃，说我总是对着电脑，需要补充维生素。

他不懂女人那些东西，却有一天突然自作主张地给我带了支润唇膏回来，说人家都说这个好，你也得保护保护嘴唇。我看着一个大男人从兜里掏出一支小小的唇膏，差点儿别扭死，别扭得眼泪差点儿没出来。

之前朋友都说我活得不像个女人，其实他们错了，准确地说是根本不像个人。

虽然是女孩子，但是女孩子也得跟男人一样拼，甚至比有些男人还拼。在外面一边念书一边打工，哪儿有功夫伺候自己，哪儿舍得花钱保养？平时磕了碰了，烫了手或者划个口子，别说不敢矫情，哪怕过多地关注了，都怕人说自己不行。

我跟他谈恋爱的时候，第一次察觉到原来自己磕了碰了是这么大个事。你不在意的那些，居然有人替你在意了，你觉得恋爱真好，有人爱有人管真是好。

我之前只关心自己有没有得吃，后来发现居然有个人关心着我吃什么不吃什么，因为点错了我不能吃的东西，内疚好半天。

我之前因为长期折腾而导致免疫力很低，动不动就对气候、饮食甚至情绪过敏。过敏的时候，脸上有红疙瘩，我看不进去，他能看进去。我把头发捋起来，挺个大饼脸，他在旁边给我分析，盘算着今天应该几点睡觉，有没有吃不该吃的零食。

我们两个人恋爱的时候，在街上走，碰到他的朋友同学，甚至以前常去的店铺，没等人家问，他就要先告诉人家，这是我媳妇儿，特自豪的样子。我只在我爸脸上看过那种表情，“这是我大闺女”。

我从来没把自己当成个人来活，遇到他，我第一次在心里打定主意，决心认认真真做个人。

我是个特自卑的人，但当一个自卑的人开始被人全盘接受并感觉到爱时，她就有了自尊和自信，觉得自己应该也配得上这样的好，对别人、对自己都开始宽容。

后来，虽然我们没有在一起，但他给我的影响，往大了说也可以算一辈子的影响。他把我从崩溃边缘拉了回来，让我活成了人样儿。让我觉得自己也配被人爱，也配拥有些好的。

我仍然觉得自己拥有了一段最好的爱情，相爱时是不顾一切地爱，分手后也没有彼此出言伤害，他始终保护着我的自尊。

我之前活得自暴自弃，我想，很多像我这样来自小城市又孤单地在大城市或异地打拼的年轻人都有这样的感觉，当你的生活只剩上班下班和休假时，当再好的良辰美景或再无奈的心底苦楚都没人听你诉说时，当不管你活着或者死了生活在隔壁的人都不知道时……你觉得自己生活在猪圈里也无所谓，懒得收拾屋子，吃饭就对付，活着，却常想着这样的活法究竟有什么意思。

我遇到他的时候，许多疑问一下子就有了答案。

我第一次知道，去爱别人和被人爱着，这在一个人的生活和生命里，是个多么大的事。他常常鼓励我，不要放弃自己的理想；常常鼓励我，好好踏实地活着，带着希望往前活。

我们后来没有在一起，但是这些话还跟我在一起。

女孩子，尤其是没那么成熟的女孩子，遇到一个好男人，在她的一生中都有太重要的意义。

我不做人生导师，不做心灵鸡汤，我最近因为每一天被太多人加为好友，也开了点儿眼界，看到了许多不幸福的人。对此我什么都不能说，我只把我遇到了一个好男人的故事讲出来。

我对他很感激，对我的生活也很感激。

我能遇到他，不是因为我好看，因为我在之前的人生里，即使灰心，即使偶尔自暴自弃，也一直非常努力地活，终于活到被他遇到，给了我这么一段幸福，并教会了我一个可贵的并且特别朴素的人生道理。

女孩子应该好好爱自己，应该喜欢自己。但这个爱，不是溺爱，吃完饭就往沙发上一窝一整天，窝得肚子出了赘肉，窝得身体不健康，这不算爱自己。积极健康地活着，勇敢地追求应该属于你的，享受一些能享受的，才是爱自己。爱自己的时候，人家才来爱你。因为只有爱才吸引爱。因为只有你健康地爱自己时，才会主动地给予爱。

这些都是一个好男人带给我的。

每次醒来，你都不在

朋友小飞是位撰稿人，图书公司编辑，根正苗红的80后直男，贫，痞，皮，爱好是王朔、王小波以及调戏小姑娘。

他来找我时以为我是个文艺作者，正如我以为他是个文艺编辑，相互客套了能有一首诗的时间吧，礼貌周到，像光天化日之下的人民教师和学生家长——各怀心事，又不得不给足了面子。

我的手指确实很多时候不受大脑控制，聊着聊着就甩开膀子撒起欢儿来了，没想到正对了他的路数。

他对待作者的方式是一直跟你唠，唠到破马张飞底线节节崩溃你的真实人性逐渐水落石出的时候，戛然而止，说，哎，你适合写什么样主题的？他用玩世不恭的态度让我打开心房，继而去挖我人性里面的东西。他觉得我应该有另一种可能性，这让我觉得有趣，同时也有感激，因为他会激我，逼着我挑战和认识我自己。

很顺畅的开场，按照正常事态发展思路和逻辑，我们接下来应该有许多思想上的火花，跟礼炮一样绽放在黑暗的夜空，说不定真能搞出什么传世巨著来呢。可惜，他找我之前我早已和人有约，也就是说，我明目张胆地放了他的鸽子。

他气啊，却也不能拿我怎么样，算是“不打不相识”，既然知道我这么浑蛋，他也真没什么思想包袱了，反而因知道了彼此差不多都是这路货色而徒增了些许亲切。

他问我，你好好一小姑娘为什么这么浑蛋啊？我说我隔三岔五就得跟人表示一下我真不是什么好人，因为很多人是这样的，当他看到你的一点点善良，他就期待你全部是善良的。他哈哈大笑，表示同类啊同类。

渐渐混熟了，有些事我跟别人不太好意思启齿，跟他就觉得无所谓。反正才子骨子里都有清高和傲气啊，虽然他一定不乐意我这么说他，但是没关系啊，我后面还有更难听的呀。

那会儿，有个疑问在我心里纠结许久不得要领，我就去问他，哎，你说，我前男友到现在都不把我落在他那儿的东西给我是怎么回事？说过好几次了是很重要的东西，你从男人的角度给我分析一下！

我是这么想的，要想对付男人，你必须得听男人的，不听流氓的话必然要吃流氓的亏，所以我在他跟前虚心无比。

他的回复是“我的天！”吓我一跳，接着是“他聪明啊！我他妈怎么没想到！当初我前女友让我把东西给她送过去的时候我还傻乎乎地拿着她的东西坐了二十几个小时硬座！当初我要是不送，她必来取！只要人能来，我就有留下她的可能啊！”一种失策的语气。

谁管你前女友啊？我现在关心的是我前男友，哎，真不好意思继续说了，他已经沉溺在他失策了的情绪里。

这是自我跟他认识以来第一次听他提起前女友，往后又断断续续不经意地提起过那么几回，提呗，谁还没有个念念不忘的过去啊，没有能算活过吗？谁不是动不动就经意不经意地把前什么给挂嘴边上了，我们这样的人，正直三八芳华，正有大把明天，谁相信流氓会去追忆什么似水年华，谁相信浪子会是什么痴情种子。

有天赫然看到他发了博文，用了个酸气逼人的名字，叫《你不懂女人，不配做情种》。我一边打开一边缓冲一边想，一个大男人写这种题目能写什么啊！打开了一看，哟，是大半夜睡不着觉怀念前女友的。我一向对这种文字感兴趣，因为我总是期待着我前男友什么时候也能写篇文章来怀念怀念我啊，显然他没有，那么我就只好在别人的文字里意淫了。我赶紧冲了杯咖啡，带着莫名其妙、幸灾乐祸、喜滋滋的心情来阅读。文字是有力量的，也是有技巧的，我是个写文的，所以对各路五花大绑的招式十分敏感，更感动于一种朴素，以及那种不为写而写的难得，有人味儿。

那话是怎么说来着，你永远也不晓得你多爱一个人，直到你看到他跟别人在一起。

“三年的时光，是可以让一汪清水一样的情感变得浓稠如血的，血浓于水，女人轻易不会舍弃，除非，除非身边这个男人确实足够奇葩，不然不会轻易放弃。在和前女友W分手后的很多个日子里，我都希望分手这件事儿只是一场梦，当午夜梦醒，她还在我身边，我还能揉她的头发，刮她的鼻子。但是，很多个午夜醒来后，我发现梦太不可靠了。永远当女人的孩子，确实是一件幸福的事儿。可我没有想过，当母亲是一件累人的事儿！她总有累到要离开的时候。”

每个男人曾经都是男孩子，把一些字眼看得太严重，绝不肯轻易用在女孩身上。然后他们会逐渐成为那些看上去漫不经心，又偷偷摸摸在内心里充满期待，期待一个他们梦想的女人来填补生命空白的大叔。

有后悔，有想念，有走了万里路后累到坐下来娓娓道来的坦然，说不定他就是这样自私自恋自负呢，还是她坦诚公开透明，抑或根本就是缺心眼儿。他把皮肉翻开，把心掏出来晾在太阳底下，像晒被子杀螨虫，什么走过路过的，爱看不看，不在乎。写完自己还觉得挺不好意思，不想让人看到他认真的那一面，此地无银三百两地跟我说，看来还是写这种男男女女的口水文有人看哪。

想说切，别装了。可是，悲壮的确是英雄的事，我们这种人，只配叫悲惨。

失去过的人更知道自己要什么，分过手的人更认识自己的爱情。不到别离，不知深浅。

以前他说男人很多时候不善于表达，我并不相信。我想，你要说那些终日埋头实验室的理工男还情有可原，你们这些搞文艺的还敢说自己不善于表达，那太不要脸了。后来渐渐发现，皮好扯，真情却常难启齿。

树洞里不是没日没夜地扎着一大堆你我他吗？在他看不见听不着的地方，拼命说想他。

有类人表面上看似漫不经心，内心却等待已久，等待某个美好的人来填补生命里随年轮增长而错过的情人节，填补每个孤独落寞的灵魂。

有时我想，或许人生全无逻辑，或许人生的逻辑全然非我们这样的傻瓜可懂。那些所谓大雨磅礴的青春，不知为何，总是像拧在一块儿的毛线，没头没尾，理不清道不明，既织不成毛衣，也不好意思把它扔掉。

人生的一切，似乎的确有着什么内在的联系，如果一定要说出某种联系，那或许可以说，一个人在每一个今天所成为的人，都是由每一个昨天形成的。这听起来像屁话。不过我们每个人逐渐在众人面前展露的那副德行，可以说过去里的每一天也别想逃脱什么干系。

失恋是痛苦的，然而最痛苦的还是你没有经历过这种痛苦。

每当梦里是你，醒来惊见半床寒月，觉得梦里的人好像不可能是你，应该是别人扮成了你闯进来。

明天，太阳照常升起，爱的依然在爱，恨的依然在恨，怀疑的总是怀疑，无知的永远无知。

耳边永远是些零碎的声响，一切都没有变，只是每次醒来，你都不在。

即使孤独也无所谓

我的好姐妹欧小麦自上次自欺欺人地去相了回亲之后，就像已经走到了婚姻的门口，摸着了婚姻的门路似的，哟，整个人成熟的，走哪儿都一副市侩老练的做派，不把小姑娘小少年放眼里了，跷着二郎腿，挥斥方遒。“什么样的人才能坐在那儿二十来分钟？啊？你跟一完全爱不上的男人讨价还价似的把自己卖个好价钱，什么情况？你俩坐那儿就像两只互相闻对方屁股的动物，发情期一到，恨不得猪牛羊都能上到一块去了！”她相亲回来，坐我对面，脸上来不及褪去鄙夷。

看得出来伊憋了一肚子气。“小丫你给我说说，世界上怎么到处是傻瓜！”我一听这话，倒是。可我说：“你要不想见到傻瓜，就别出门啊，把自个儿关家里，顺便把镜子砸碎。”

“二百多斤的男的！说我胖！你问他站起来能不能看见自己脚！扁担横地上都不知道念个一！我胖？不娶我有什么资格嫌弃我！又没有吃他们家

一口饭！”

啧啧，女人是可以接受男人说她笨、懒、馋、坏、贱，但坚决不能忍受男人说她矬丑胖穷没人要，那是要拼命的啊。

我说她，身边有唠嗑的，远方有想念的，连相亲这种事也少不了要插一脚。她意味深长地瞥了我一眼，虽然短暂，可该表达的也都表达了出来。她在说，你认识我这么多年，你有脸说出这种话？小麦是这么说，但我看得出，她还是停留在那个二百几十斤的男人说她胖的节奏里，气得口齿不清。敢情不是她要去相亲，是人民群众逼着她去相亲啊。

我就问她为什么去相亲。

这事儿跟我是没关系，但她，我的好姐妹，在我这样孤立无援的情况下居然无耻地去跟别人相亲，真的让我感到来自这世界的深深背叛，真的很不利于我们俩的革命友谊。许多东西，比如爱情、金钱、权势，本身并非祸害，只不过通常是一些人求之不得，另一些人又肆意挥霍的东西，有的人有，有的人没有，它可不就成了祸害。

于是，我面无羞愧地发扬育人风格，说，欧小麦你可以随便选一款手机、一台电脑、一件衣服，但你这么随便地挑个人凑合过日子，你就没想过你得跟这男的在一块儿睡觉、做爱，给他生孩子，成天成宿地看着这张脸吗？你得管他爸妈叫爸妈，得把他领你们家来，吵架的时候你甚至不知道他会不会动手打你，不知道他有什么恶习和毛病，你是真不觉得恶心，还是你自欺欺人地认为你看他几年就能看出感情来？找个人搭伙过日子，过不好就散，你对自己和别人的人生都这么不负责任，你哪儿有什么底线？

她听我这么一说，非常激动。“不管你有什么能耐，一句没有对象就能把你这一辈子给否定了。一世英名末了还是毁在了没有对象这一点上，不服气呀是不是？在咱们这种地方，女孩到了一定年纪，你不结婚就有不孝顺的嫌疑，对不对？”哦，我知道了，欧小麦是这样的姑娘，白天逍遥走四方，晚上点灯补衣裳，泼皮无赖时常有，不过只是空话打到千里远，屁股始终挪不开炕。她一向不烦自己找不着男朋友，不烦那些早早结了婚给她带来巨大压力的女同学，不烦那些常年跟她爸妈絮叨她婚姻大事的左邻右舍。她是烦这个没出息的以蛮横不讲理为荣的小城市，一两件陈谷子烂芝麻的小事翻来覆去能炒好几年，男女老少个个是当编剧的好材料，编到当事人耳朵里，居然人家都能当别人的事儿给听了，自己家芹菜数不清，别人家有几粒豆子他们一个比一个替人家记得清楚。这城市里的一切，对于在这里长大的我们，有土里连着根的感动，有恨铁不成钢的厌烦。

她都能去相亲，肯定是给逼急了。

我想起我那位被生活压弯了脊梁的妈，回家身子像只小猫一样缩在沙发上，每逢相亲节目必把我跟台上的二十几位女嘉宾仔细比较一番，并认真地在每一个男嘉宾身上揣摩衡量，一边哀叹我在这社会上永无出头之日，一边告诉我哪个男嘉宾哪里挺好。这一度让不成熟又要强的我心里很不是滋味，那滋味里既有对我妈的愧疚，又有些许埋怨和同情。

相亲在这个时代的确既便捷又轻松，商家很了解这些年轻人的心理，男男女女们既累又忙，有时间去上网也没时间去爱一个人，找对象都想图方便，都希望能碰个运气，捡个良人，可人生哪儿有这样容易就能捡到便宜的事呢？

其实，欧小麦也经历过一次大号爱情，那男孩我也认识，是个地道的浪子，集邮一样地收集各种女人，然后报应一样地遇上了欧小麦。据他形容，当时的情况是骄傲制伏了骄傲，不过依我看纯属是恶人自有恶人磨。坏男人总是有大把女朋友，第一，他们不挑剔，只要是雌性，就算是一只母耗子都能激起他们的肾上腺素；第二，他们毫不避讳自己的无耻，并以此为荣。好男人则过于本分，想得长远，而莫说长远，就算明天的事，谁知道呢？总是在他们正左思右想时，女人已经被坏男人拐走了。

不管怎么说吧，他们俩就是王八看绿豆——对上眼儿了。我觉得挺好，浪是浪了点儿，不过在两人恋爱期间，那哥哥的确是里里外外换了个人似的，虽然在我眼里也无非是从一个禽兽变成了一个衣冠禽兽，从一个旧的浪子变成了一个新的浪子，然而谁也不能否认，当一个人，无论是一个浑蛋还是流氓，在有了爱、希望和信念之后，无一例外都想把自己变得更好。那段时间，他努力工作，戒烟戒酒，跟三好青年一样，积极又上进。可无奈啊，生活如果都这样美好，都向着自己希望的方向去发展，都在你无数次伤害别人之后还赠你礼物，那世界不就乱了吗？！

正是痛苦才让人老实啊，因为人们永远不认为自己正在拥有的东西是要珍惜的，永远认为还有更好的在等待着他们，劣根性啊。

两个人相爱却轻浮，以为没到应该认真的年纪。

小麦父母不同意自己女儿嫁给这样一个登徒子，对方父母也立即做出回应，以断绝父子关系为名，逼着他赶紧相亲。小麦虽看似清高，可其实一直在等他有一个强硬的态度，那样性格的女孩，是你一句明白话我就敢跟你私奔的。她等啊等，终于等到人家奉子成婚。

小嫂子怀孕三个月的时候，哥哥找我唱歌喝酒，一个人喝到烂醉。

我去了才知他没敢叫小麦，却一直不停地问，她好不好啊，考研还是考公务员，还是工作了，有没有男朋友呢……

我听着无端来了股闲气，一时报复心大起，不知是对他，还是对他们这种无能为力的男人。我假装不经意地唱了首他们俩和平分手那天小麦一个人跑到KTV打他电话给他唱的那首歌，挺土的，是我们这一代女孩子初中时就特别喜欢的那首歌曲，叫《倒带》，“终于看开爱回不来，而你总是太晚明白……”昏暗灯火下，袅袅歌声里，斜眼看他难受成一条狗。

直到我看不下去了，给他的另一个哥们儿打电话来善后。

开门要走时，我突然忍不住回过头问他，你当时为什么不坚持一下，你就不能不听你爸的？我就差脱口而出你到底是不是个男人了，但想想也没有跟他熟到骂他的程度，一句话咽下去了。他看着我，或者是看着我身边的门，什么也没说，不知是无话可说，还是有千言万语，情绪复杂。唉，我就走了，走廊里空无一人，只有鞋发出肆意又挑衅的声音，夹杂着耳边不时传来的一些“爱情不是你想买，想买就能买”的民族风音乐，划破寂静。

疼痛会增加存在感啊。我想，一个男人还知道难受，知道疼，想必也不是很无耻。虽然也不能排除是“禁止”增加了爱的美感和诗意，但来日方长，身边的女人或许逐渐长成了一个臭婆娘，远方的女人却永远是思念里的美天仙，最后成为轻狂岁月里抹不去的白月光。我意味深长地看了拐角处的服务生一眼，好像已经咂摸到某种人生了似的，离开了。

出门后，阳光晃得刺眼，我收到他的短信：“我以为我是尊重她。”

“你傻啊！”我对着手机喊，好像对着他那张脸。

“她不需要你理解，不需要那些狗屁尊重和原则，她需要你爱她、吻她、抱她，说情话说到天上去。但现在，她已经不是你的了。”想了想，又把最后一句删了，改成了“但现在，你已经丢了她”。又删了，改成了“都好好的吧”。我想，毕竟他要当父亲了。

后来，我轻描淡写地给小麦讲了这事儿。她对我说，重庆路那家开了一百多年的老字号菜团子真是好吃，然后没几天就跑去参加什么相亲大会了。

哦，到这儿我才捋清思路。

折磨谁呢这是……

欧小麦和我在餐厅里老气横秋地喝茶，有意无意地看窗外面目模糊的过往行人，各怀心事。小麦开始饶有兴致地给我讲相亲会上种种奇葩的经历，我说你年纪又不大，别瞎凑热闹去相亲，亲没相着倒是能把人给相老了你信不？她突然两只胳膊支在桌子上，感叹起来，说：“人在路上行走，打拼的过程太孤独，谁不想找个伴呢？在婚姻与爱情面前，男孩子的优秀总是输给物质，女孩子的要强总是输给门第。那些人读过书，结婚晚，无非是不能忍受和一个八竿子打不着的人过一辈子一眼就看到头的生活罢了。”

看吧，即使这时代里，男人不相信女人，女人看不起男人，互相较着劲儿似的，都口口声声表示早已在心里阉割了爱情。那些拒绝爱情的人，都多少被它伤害过，然而人之初，性本贱啊，内心越是痛苦，对它的渴望就越强烈，只是这强烈需要深埋，否则，在当事人眼里，总觉得自己是个软弱的没骨气的人似的。这让人既恨自己又恨它，宁可不去寻找和拥有，也绝不在它面前再一次失去自己，失去尊严。

小麦冷不丁地问我：“你还相信爱情吗？”

问得我直笑：“相信啊，从来都相信爱情，我不信的是人而已。”

如何能不信爱情？人若不能找到内心的安宁与解脱，就算去什么地方，和什么人在一起，取得再大的社会成绩，得到再多人的掌声和认可，也不会觉得满足和快乐。每一个渴望爱而没有爱的人，无论怎样强大——那句话怎么说——哦，都是行走世间的孤儿。或者用更文艺的方式说，如果可以，如果不需要付出太大代价，每个人都想拥有一份温暖、一个拥抱、一双能够紧握的手、一个能扛住你眼泪的肩，与你在一个兵荒马乱的世界里，昂首挺胸，不慌不忙。你的确可以一个人承担所有痛苦，然而当你感觉快乐时，你需要一个人来和你一起分享。

说到爱情我们就谁也不说话了，好像提了什么不该提的，这太拷问心灵、劳心劳力了，她开始念叨着给房子装修，念叨着驾照还有几科考下来，念叨着羡慕我的生活。我就干听着，看着眼前这个相识多年的好像昨日才毕业的女孩子，马不停蹄地踏上生活的征程，相亲、看房、考驾照、装修，向着我们一度认为遥远的生活，大踏步走去。

想想我们上学的时候，总是着急，着急去体验一切人生，着急去变得老成，着急去把年老时一定会怀念的一切尽快抛掉，又哪儿会知道年轻有年轻的好，幼稚有幼稚的福分。现在和以前吵架的姐妹关系非常好，现在想以前暗恋得死去活来的那些打篮球的学长也记不得都长什么样了。一些误打误撞的幸运泯灭了年少时对未来的担忧，原来它们都没有发生，原来以为怎么也解不开的死结，后来竟都记不起来了。

现在谁要是问我是不是大一新生，问我在哪儿上学呢？我都偷着乐，总比被人家问你孩子多大了强吧。

有个网友说：“刚开始成熟，就要老去。”说得真好。

想哪壶不开提哪壶地问她：“小麦啊，你有遗憾吗？”还是算了。谁没有遗憾，一路走过来哪个人没有遗憾，曾一度轻狂，声称老了之后要能坐在摇椅上悠闲地对别人吹嘘自己的过去。而过去发生的一切，一定要优雅地扬着嘴角，摇着蒲扇才能说得出口，“老娘的一生，没做过一件后悔的事，没走过一步错误的路……”后来，我终于挣脱了连同“不后悔”在内的许多枷锁，我再也不认为我是个聪明人，在过了以糟蹋自己为荣的年纪之后，我觉得女人的一生就是在回首过去的时候，有适度的后悔，适度的无所事事，在每一段自认为人生最恰当的年纪里都爱上过一个自认为最恰好的男人，就这样一直“错误”并快乐地活到了此刻，活到了能安然地在太阳底下和跟自己互掐了一辈子的命运叙旧，活到了能给儿孙讲述“一个女人的奇幻漂流之旅”的人生边儿上，知己有三五，好友遍天下，不偷不抢，吃香喝辣，不痴缠，不留恋，不亏心，如酒足饭饱，放下筷子，打几个响亮的饱嗝，戏演完了，等待落幕，一切足矣。

所以我不敢问她，就像同样不敢听到别人问我，你还想他吗？

失恋就像一个饿了很久的人一口气吃了好多东西，烂在肚子里没法儿消化，你想让它消化，不能从上面掏，不能从喉咙里插根管子进去搅和，你得让它自己排泄出去，你得给它时间。

在接下来的几十分钟里，我们都在聊装潢设计，聊柴米油盐，聊一些彼此惦记却很久不联络的朋友，聊到太阳落山，聊到我们都想回家。

我之前总认为伤疤能让自己更独特一些，我不知道，自己正是千万人中的其中一个人，是一个走在千万人之中，与千万人有着同样迷茫的年轻人——纵然每一个年轻人都认为自己的迷茫与众不同甚至充满诗意。

“他儿子要生了。”走到了很热闹的人群里，小麦恍惚说了这么一句。我转过头去看她，她弯着腰，好像整个人被掏空了。我顺着她的眼睛看过去，她正在看某个男孩子，不是那个男生，只是外表有点儿像。

有些孤独，就是人群中你突然看见个似曾相识的背影，心里翻滚，却不敢言语，不敢上前。

“直起腰来吧小麦，背挺直一点儿会好看。”

“难受……”

“那更得直起来了。”

“嗯。”

于是，我和小麦一起，勾肩搭背，互相搀扶，若无其事地走进人海里，跌跌撞撞地消失在星星点点的夜色中。

像你这样笨拙地去爱人

1.

薛小志是在我盯着他看的第五秒钟开始喜欢上我的，那时我正是一个初出茅庐每天只想表现自己的女孩。

其实，在整个所谓白衣飘飘的年代里，我都只是个穿着大裤衩、抖着大粗腿、吆五喝六的女汉子，等后来我也开始白衣飘飘的时候，才发现一个穿裙子的女人是根本无法和男人称兄道弟的。

那会儿，我靠女性杂志提升服装品位，靠英语考第一名来提升高端气质，靠三两个男孩子的表白来满足虚荣心。上课时，除了学习什么都做。

他跟人疯闹，跑进我的视野，我以为是个熟人，眼光随即追过去，笑容紧跟着，直勾勾盯了他五秒，发现认错了人，又面无愧色若无其事地扭头从他身边走过去，勾着女同学。

他在原地站了一会儿，兀自在我身后跟了过来，跟到今天。

十六七岁的男孩子啊，在自尊心最强烈和最敏感的年纪里，被一群浑身散发着奶味儿的少女这样盯着并从身边走过去，这是种挑衅，是令人无法忍受的，是要很久才能忘却的。

从那天起，每天上学或放学，他都早早跑出来等在我必经的路口，有时一不小心看我走过去了，他就迅速地跑着绕一大圈再从我对面走过来，面带惊喜地问我，好巧啊在这儿碰到你，接着顺理成章地走在我旁边。小学男生的把戏。

那时我正无知无耻，眼睛长在脑门子上，有着一点就着的爆炭性子，他蔫了吧唧的，一脚踹不出个屁来，不吱声，就对我嘿嘿笑。我烦得要死。

2.

人很有意思，永远不承认什么无缘无故没有来头的爱情，他们总先喜欢上一个人，再去寻找这人应该被爱的证据，好像这样自己就能理直气壮，并且心安理得似的。

从这一点上看，薛小志是个游离于许多人之外的人，情不知所起，亦不问所归，心心念念，又一往深情。

他不知道喜欢我哪里，就是喜欢呗，把一个人活活喜欢成神，把血肉之躯活活喜欢成了幻景标本。

那个标本在那儿，他既不想让她过来，也不想自己过去，他就是无论如何一定要看到她在那里，好好的。

3.

在整个高中阶段，我谈恋爱他就消失，我分手他就再次出现。我不回家他给我送吃的，我买东西他自动付钱，拦也拦不住。

天冷他给我披衣服，我嫌恶心腻烦，一把拽下来，当众摔在地上，还得骂一句。他脸皮薄，气得不声不响地捶墙，不吼我一句。

他刚想表白，我就用话岔开。他明白我的意思，再也不说。

高二分科，他跟着我选文科，被他们一家给骂回来，去老师那儿改。他给我打电话，说“对不起我不能跟你选一样的”。我心想，关我屁事。

那时我很贱，他给我打电话我就接，但我就是不说话，费死他电话费。短信来，一看他名字，根本不看内容，本来不烦也开始烦了，没脾气也来了脾气。

高三我内分泌失调，胖了很多，许多给我写过情书的男同学基本给我留下一句“你变了”就消失得无影踪。他没有，他像根本看不清楚，像根本看不到那些突然增加的肥肉，看不见我一张暗淡的衰脸似的，离我更近了，忍受着我随时会来的暴脾气和时时刻刻会发神经。

他跟朋友们说：“无论如何，不管到什么时候，她永远是我心里的公主，是最纯洁，我最喜欢的女孩子。”这话从别人的嘴里传到我的耳朵里，让我莫名其妙，莫名其妙地记到今天。

世界上是有这种人，他喜欢你，不敢告诉你，竟去告诉全世界，让全世界转达给你，让你躲也躲不掉。

他家教甚严，这事不小心被他妈知道了，很怪罪我，给我发了几条信息，大意是说，现在他儿子正是学习的关键期，希望我不要继续跟他纠缠下去。

我没有回复。

她又想找我出来谈，我拒绝。

这事我没有跟他讲过。

当我不在乎一个人的时候，我不但不在乎他的爱，同样也不在乎他的恨，更不在乎他被误解或冤枉。

几天后他来跟我道歉，说他妈妈看到他的短信误会了。我没有正眼看他，只说你最好去跟你妈解释清楚，到底谁在学习的关键期，谁不想继续和谁纠缠下去，我很忙，没功夫对谁解释什么。他没说话。

4.

高三毕业那个夏天，他给我打电话、说上了大学很可能几年看不到，问可不可以出来吃个饭。哦，我才想起三年来，我没跟他在一起吃过饭。

可还是不想去，心想反正我不会再看见你了，没必要吃，就随便找了个理由搪塞。

他跟我说的是，很不好意思，三年来一直烦你。

我突然心软，说没什么。

他说，谢谢你允许我一直在你身边。

我说，没什么。

他说，我决定复读了。

这句话突然勾起我的刻薄，我说那你好好读书，祝福你。险些要说，你妈不会还想再找我谈吧！

他发来一些感性的话，我看了，但忘记了。

大学，出国，恋爱，失恋，逐渐已经记不得这个人了，他偶尔会给我留言或评论，我没有回复过。

几年过去，知道我回国，他来了精神，一定要见我。

5.

我们一起出去吃个饭吧……如果……那个……你有时间的话……

说这句话的时候，他很像鼓足了勇气省略掉中间的许多铺垫，勇敢地直奔着主题来了，又像是把中间该说的、原本计划好了的话都给忘了，索性直接结了尾。说完他有点儿后悔、又有点儿期待，站在那儿都不知道手脚该往哪儿放了。

唉，是这一瞬间突然让我动了恻隐之心，因为想起了那个让我同样脸红心跳和手足无措的、拉起我的手，又甩开了的男人。

好吧，我虽心里不十分情愿，然而毕竟不是高中时代那个不知天高地厚、大意又嚣张的小姑娘了，对他，心里就算没有爱但也应该有点儿情，没有情也有点儿义了吧。

多年不离不弃，在女人心里，简直可以算没有功劳也有苦劳的大忠臣了。如果再拒绝，未免太矫情太小家子气，太没见过世面和太不上道儿了。总之，我装出一副深明大义的样子，打算跟他好好地叙叙旧。

不知道这是不是所有女人都有的小心思，穿着漂亮，多少想要一些赞赏，不负她努力锻炼的身材和精心搭配的服装。

6.

跟他确实有几年没见了。

看我从家里走出来，他眼睛闪烁，亮得像星星，深得像湖泊，感情充沛得实在让我不忍直视。我没有那样的感情，眼神里的空白实在配不上人家那一汪春水。

半晌也没人说话，大概两人脑袋中都正放着高中三年的纪录片吧。

这么多年过去，他每次看我，都还像第一次看我。

问我要吃什么，我说火锅。

7.

理论上，男女约会时是不该吃火锅的，火锅太家常，太老夫老妻，吃完后整个人从上到下全是火锅味，好不容易营造出的那点儿女人味儿消失殆尽。搞不好还要溅身上些油点子，搞不好牙上还会塞菜叶，搞不好满嘴都是酱料，不够小资和浪漫，不够魅力和风情。可它好吃实惠，老少皆宜，热情痛快，自在温馨。我这种吃货，不管穿什么衣服拎什么包面对什么男人，在做选择时，永远以肚子为先。

其实，薛小志好歹也是独生子，好歹也算一表人才，可他在我跟前就总将自己调成奴才模式，拦都拦不住。有他在，我只管饭来张口衣来伸手，嚣张到连走路都不需要长眼睛，好像踩到石头也是他的错。

走到桌子旁边他就给我拉椅子，我一坐下他就惦记着给我摆餐具，看看空调温度是否适中，周围有没有人吸烟，把菜单递到我跟前，看完一页就给我翻。

女人啊，遇见一个男人的头几秒钟，就能判断出来这男人她能不能欺负。

这说起来不符合纲常伦理道德规范，可是对不起，爱情它就是这么个东西，自有一套规矩，有时甚至还让你爱上你讨厌的人，它让世间多少红男绿女都要对其三跪九叩，顶礼膜拜，不得不遵守。

爱情的规矩是什么呢？就是反抗世间一切规矩。它是这个钢铁世界里最坚定的反叛者。

透过火锅蒸腾的白气，我看着眼前这个认识了多少年也烦了多少年这张一成不变的温柔的脸，说不清究竟是什么东西让我心里暖暖的，是火锅呢，还是火锅对面坐着的这个男孩？我心想，就算一块坚冰也该融化了吧。

比如，他会当着我的面翻开我的手机日志并一目十行地看，这对我来说很受冒犯。

有时我想说，你不知道我每一个字是怎么写出来的，哭着还是笑着，花了多长时间，而你现在坐我对面，似笑非笑地，以一目十行的速度浏览……

这一点不是装出来的，他有时真的会被我吓蒙而完全不知道该拿什么。

紧张的时候他就在桌子底下搓手，像被叫到校长办公室的小朋友，很少说话。我觉得没劲。

人一觉得没劲，就只好把注意力放在吃的上面。我对荤的素的天上飞的地上跑的水里游的来者不拒，像个吃人不吐骨头的女妖精。他不说也不吃，只看着我，突然来那么一句："你看你，永远活得这么潇洒，活得旁若无人，你的生活……你自由的状态真是我羡慕和不能比的。"

没头没尾地来了这么几句话，差点儿没把我噎死。

他用深情注视着我的狼吞虎咽，问我为什么想到出国，说远得有点儿够不着，又说佩服我的勇气和魄力。他说话的时候配合着有点儿忧郁和迷离的眼神，这不搭调的气氛真让我有点儿接受不了。早知道会有这种煽情的桥段，我当初怎么不选那些配得上这种文艺范儿的西餐厅呢……

我也想弄出些风花雪月的诗来配合他，可在吃的面前，还是让文艺范儿都乖乖去死好吗。

我必须奋不顾身与食物为伍，誓用粗糙打败一切细腻。于是，我们就开始说些理科生的账号密码和斐波那契数列之间的关系、欧洲的文化，以及世界政治经济的格局之类的。一顿饭才算吃下来。

8.

吃过饭，一起回到昔日的高中。

我在前面，昂首挺胸怡然自得，皇太后的做派；他像个小学生，走在我身后，拎包、拿水，随时接过我丢下的水瓶或包装袋。

他永远记得替我买水，永远先把瓶盖拧松。对于这些，朋友们以前总说我，“见好就收吧你。”

到这时我算彻底看清了，不管你是什么出身，贫穷还是卑贱，在喜欢你的人面前，你都是最高贵的。而一个女人敢任性到这么夸张的地步，也无非是因为她有一个毫无底线地宠着她的男人罢了。是他给了我为所欲为的底气。

我突然回过身问他是不是对他女朋友也这样，他吓了一大跳。是的，他是有女朋友的，大二时一口气谈了两个，都是被倒追的，不咸不淡地处着。

他很紧张，好像自己被抓住了把柄似的，不敢看我，脸上却带着点儿难以掩饰的骄傲，不好意思地笑道："她总说我不关心人，不够体贴……"

我一愣，说："所以，你不会像现在这样很自然地接过你女朋友手里的东西吗？"

他磕磕巴巴地说："没，没那个习惯啊。"过了一会儿又说，"在你面前好像就是习惯了，也不用想什么，一直就这样，习惯性的。"

"你这男朋友当得不合格啊！"我说。

"她知道，她知道我心里有个人……"我看到他说这句话的时候低了下头，又望了望远方。

于是我就想，什么样的女人能明知男朋友心里有另一个女人还继续跟他在一起？

什么样的男人又值得一个女人这样做？

以及，什么样的人可以一直把另一个人装在心里？

想了很久，我想我比他更清楚，忘不了，不是因为我好，只是我恰好撞进并占据了他的整个青春。

一个男人舍得忘记自己最美好、最真挚的六七年青春吗？当然舍不得。

有时我们认为忘不了一个人，其实都是舍不得忘记自己的一段曼妙青春而已，若是将主角换成其他什么人也是一样的，一样刻骨，一样铭心，无非是借助另一个人的肉身来将自己的回忆填充完整，以备在适当之时拿出来回味而已。

9.

我们一起回到以前的班级，可笑，当年那些欺负人的门卫，如今看到两个这样的人进来都假装看不到。

“那会儿你就坐这个位置。”他兀自嘀咕，也不看我，分不清那是对我说还是对回忆里的那个她说的。

他说这句话的时候，我的一条手臂在空气里挥着，像驱赶什么蚊虫似的，“过去的事儿，谁还记得呀。”我不想让回忆聚成团再来侵扰我，我不是一个活在过去的女人。

这让他有点儿沮丧，神情有点儿复杂。

“可我还记得。”说这话时他也不看我，像是对风说的。只是我怎么感觉像他甩过来一把刀，唰地扎进我的肉里。

这还没完，他又接着说，那时他总站在哪个位置偷看我，指着窗户底下那条开满野花的小路，说以前下课我是怎么从这里一路小跑过去，到对面那个小卖铺去买什么……

“你那时吃麻辣烫使劲儿放醋。”

“你那时不怎么喝奶茶。”

“你那时最爱吃的是这种糖。”

我打断他，说要去操场上透透气。

10.

他跟着我出来。

风吹得我心里平静一些的时候，他的电话响了，我故意走远一点儿，想让他更自在。

不知那边在说什么，不知是谁打来的，只是我走着走着，除了听到风声还突然听见他大喊起来，是对着操场和天空大声喊起来。

他是这样喊的，那声音和语调我一直记得清楚，他说：“我正在跟我喜欢了六七年的女孩走在一起呢！啊！是啊，整个青春期我都喜欢的女孩啊！我俩正在高中操场上走着呢！”我看到他一边喊一边开心地跳起来，像个得到了糖果的小孩子。

我在远处看他，那会儿正是黄昏，他的头发在夕阳下变得很好看。

那一瞬间，我突然感觉身边好像呼啦啦走满了大声叫嚷的同学，勾肩搭背疯疯闹闹，“压力山大”却朝气蓬勃，正研究着今晚要去学校食堂吃还是去外面吃麻辣烫。

一阵恍惚，立即回过神儿来。

如今这头上的阳光与身边的风好像都没变，身后的他也没变，可操场上除了他只有我一个人，是什么变了？

这时，校门口突然走进来一些新入学军训的小孩子，长得那么小。

高一时我们有那么小吗？

真不敢相信，初中升高中时以为自己从此长大了，那个暑假偷着跑到高中校门口看到衣着时尚的高中姐姐们都觉得既羡慕又恐惧，心跳得莫名的快，那感觉我到现在还很清晰。现在回头看在我那时年纪的他们，竟然像小孩子！

真是好几年过去了啊，你不看到比你更小的孩子就永远意识不到自己正在成熟，或衰老。

那些自以为已经长大了的小孩子穿着迷彩服从我面前欢天喜地走过时，我心里忍不住蹦出一些句子：每个人的青春，不管后来你觉得它多么荒谬，多么愚蠢，多么不可理喻，多么丢人现眼，若干年后当你再次如穿越般回到历经青春的现场时，你会发现，那带着腥味的、愚不可及的、自以为是的、不甘屈辱的一切，都能轻而易举地刺激你沉寂许久的泪腺，逼得你不能免俗地问自己一句，如果一切可以重来……

生活里没有如果。

11.

那个黄昏很快转成了夜晚，贪凉的人们很快就拥了出来。

我们去了所有以前常去的店，买了所有曾经喜欢的东西，走了好几条那时熟悉的街，每个人对于曾经或者失去的东西，都有些贪恋或痴念吧，他陪我，或者说我陪他，有意无意地重新走了一次。

在每个熟悉的地点，都看到许多跟那时的我们一样的、比我们年轻很多的男生女生，正做着那时我们做过的事，心里正揣着那时我们也有过的兴奋和慌张。

你不用问，不用看，你往他们中间一站，就什么都懂。

于是我穿过人群，穿过热闹喧嚣，又穿过街灯映照下的烟雾缭绕。一回头，他正抱着一大堆东西费力地走在我身后，满头汗。

突然想，会不会有很多人认为薛小志是个大傻瓜、二百五，会不会有好多哥们儿这样劝他："谁年轻的时候没爱上过几个坏女孩……"

我不能允许这种事发生，我是说，我不能让他的青春因我的存在而变成了一坨狗屎。我怎么被人骂，不在乎，但我不能让执意喜欢我的男孩子因为爱上我这样的女孩子而被大家说成是傻子。

但我能做什么呢。

我想，当一个人爱你，而你不能许给他一个未来时，你就好好努力，做一个好好的人，让他在每次想起你的时候都觉得并没有辜负自己的青春，让他的哥们儿都能说上一句：“哎哟！你小子那时可真他妈有眼光啊！”

12.

复读一年后，他以六百多分的成绩去了某理工大学，说明智商不低啊。只是人生和人性里的全部笨拙，都给了一个并不懂得珍惜的我吧。

他是一个好男孩，可惜没有遇到那个有一天终将活到懂得那种好的我。

一个人的好，终究是要留给那些懂得你好的人才值得。

我看着他，像几年前第一次看着他那样。在和他认识的八年里，我只有两次这样认真地看过他。突然产生了一种感慨，不管他是怎样的条件，如何笨拙地来爱我，在茫茫人海中，毕竟，他没有选择别人。毕竟，走在我身后，和我同样穿过人群的他，还是只看着我。

13.

爱上一个完全陌生的人是件多么奇妙的事，你真不知道老天爷会在哪个转角以什么样的方式给你安排了注定要遇上的人。这些人正中你的下怀，让你感觉这残忍世界果真没辜负你的耐心和等待。风里雨里走过，你曾固执地举很久的伞，你曾倔强地在雨中徘徊，你总天真地希望能等到一个人，一个愿与你共同撑伞回家的人。有的人等来了，有的人没有。

我问他后不后悔，他一愣："后悔什么？这是我的选择，是我的幸运。"

很多人曾对我说，在一起吧，还求什么。

我想，爱情这个东西，它跟多长时间、在不在一起没有什么关系，爱情，有时只是穿过茫茫人海，他突然凝视你的那三秒钟。

这故事没有结局，一切跟爱有关的故事都没有结局。而人只要活着，就不会结束爱。

曾有部电影，看时我只笑，也不懂为何它会触动那么多人。那天晚上，在他脱口而出那句话的片刻，我才知道答案，不管是柯景腾还是沈佳宜，不管是你还是我，不管我们贫穷还是富有、卑贱抑或高贵，不管我们是什么身份，在哪里，做什么工作，有一点是一样的，就是在那些年，在我们生命里的某个时刻，我们都曾如此笨拙地去爱过一个人。

我终于失去了你，在拥挤的人群中

原来世上的确有些东西，比如命运，比如因果，比如你，人不但根本躲避不了，还犯贱地上赶着去找。如果有那么一刻我有点儿后悔，我想我更后悔从来没遇见过你。

你那副表情，有点儿像哭，又像抱歉，让我想娶你……

第一次见你，你穿那么少，眼神儿却干净。

你根本不看我，你活在自己的世界里。被一个男人盯着，你居然坦荡，浑然不知情，更不用说在乎，让我摸不着头脑。

这事儿挺逗，我摸过不少女人，却不太能摸清你的底细。

我想告诉你，好女孩不能穿成那样被男人看。没开得了口。

你满嘴荤段子，不太注意形象，粗糙，大意。

你在男人面前那么吃饭，那么讲话，好像没受过教育。

不太清楚是你经历太多导致什么都不在乎，还是原本就这样干净坦诚，我试探，可你欲拒还迎。

你巧妙地接，巧妙地躲，不多说一句，三言两语，态度平淡，又挑不出毛病。这点真是太让我吃不消了。

男人有时明知道有些女人的把戏，还是喜欢，挺无奈。你或许不是故意的，但是让我暗自感叹，这小姑娘还真不一般。

你这种个性的女孩子，换作二十出头的我是完全不能欣赏的，换作别的女人是我完全不能忍受的。但我活过了那个年纪，一切居然顺理成章。

你有没有过那样的感觉，当你遇到一个东西、一个人，你就觉得，这是我的。

遇到你之前我也没有。

生命中越大的事，其实反而是在越短的时间里决定的，比如说，我喜欢上了你。

我想多了解你，想找到你身上值得人喜欢的证据，搞得挺像那么回事儿似的，其实屁用也没有。但我越了解你，就陷得越深，这是我没想到的，甚至后来发展到跟千里之外的你说说话已经好过和其他女人睡一觉的地步了，这对一个男人来说也太不实在了。

我快三十了，见识过女人。

熟悉一些女人的惺惺作态，而你身上有天性的顽皮，原始的叛逆，骨子里对一切的不屑，带一点儿没人驯养过的野性，像个动物。我一直不愿承认我为你身上的这种气质着迷，不愿承认在花花世界滚滚红尘那么多五光十色的女人里，你的那种原始气味，直愣愣美到我的心尖上来了。

我这么多年，时常觉得自己缺点儿什么，好像身上有个窟窿，多少女人也填不满。我是在看到你的那一刻，心里突然有了谱。不用别人告诉我，你是我身上缺的那块东西。所以我其实一直也没有告诉过你，从我跟你认识的第三天晚上十一点多吧，我开始信命了。

你可能不知道，男人真正喜欢一个女人的时候，使不出什么手段来，原因是，我更希望你爱上这个真实的我，如果你爱上了一个虚伪的我，我怕我会失望。比是否得到更重要的是，男人要确定，得到之后她也不会那么轻易就失去。

我遇到你后，突然开始相信了一些我从来不相信的东西。

很奇怪，我居然真的喜欢跟你说话，这感觉在你之前，我没有在任何一个女人身上找到过。有人说世间根本没有爱这种东西，所谓爱都是对影子的追求。

我一度对很多东西感到绝望了，对这个世界没什么热情，跟这个社会同流合污。

爱是种病，可患上这种病，就把本身那种“死”给病死了，好玩儿吗？

我始终觉得你有些难得的天赋，可你那时在那样不合适的地方做着与你的天赋完全无关的事，让我心疼。说起来这个，你那副表情，有点儿像哭，又像抱歉，往千万人里一放，可能毫不起眼，但正好被我看到，让我想娶你……

我问你，如果一个男人在已经成熟的年纪里遇到一个让他不太安分的女孩，该怎么办。

你告诉我，赶紧娶了她，只有娶了她，才能减少一些对她的幻想。

你真是聪明。

你经常让我觉得离你越远反而好像越近，但那不行，你必须得跟我在一起，这样才能安心，很多事儿才能做成。

我从来没想过快三十岁的一天，我居然会跟一个比我小那么多的丫头说这样的话，我不相信我能做出这种事来，我甚至有点儿不太敢去想后果。

后果这个词，你这个年纪的女孩子至少要再多活几年才会认识它。你至少要再多活几年，才会对一些事儿绝望，继而感到不可思议，就像我这样。否则你不会相信，你经历见识了很多人，在临放弃的那个当口儿，竟真的遇到一个，他让你会想，哪怕有一天他骗了你的钱，玩儿了你的感情，甩两巴掌离开你，你也得试一试，让他到你身边来，或者你过去。

通俗点儿说，遇到一个姑娘，她瞟你一眼，你就想，必须想尽办法把她拿下。

有些情绪你只觉得新鲜，我告诉你，这一点儿也不好玩儿，你没受过一种事情的折磨，没得过一种病，你不知道它的厉害。

你或许只是爱上爱情，但我管不了那么多。我从来都知道用最直接的方式得到我最想要的东西。

你给我一种从来没有的感觉，你让我心里第一次产生了一种“家”的概念，虽然这个概念很模糊。自从认识了你，我就想象着早上睁开眼睛能看见你。呵，如果我跟你说这句话，你一定会笑，一定会说不如直接说想和你一块儿睡觉是吧。

我是想，可也想做点儿别的。除了睡觉以外，我还有很多事想和你一块儿做，甚至连个笑话我都不愿意自己看了。

那会儿我看你在视频那头坐着，我觉得我就应该坐旁边，我感觉视频那边就是我家，家不能分得这样远，咱俩得在一块儿。

你像大漠里驻守在一间孤屋里的女人，你身上的某种劲儿能治我的病，为了活着，我必须跟你在一块儿。你像那种既会缝缝补补，又不畏惧随时抛弃一切和我出征的女人。那感觉，像有一天我累了，不行了，但有你在，家不会垮。

一个男人在一座城市里，有位置，有哥们儿，有女人，有家，那才是一个男人真正占领了这个地盘的象征。

当我意识到你就是我要的那个人之后，一秒也不想等了，必须尽快让你属于我，晚一秒，你就可能成了别人的，我不能忍受这种事发生，所以立刻到你家把你抢过来了。是很冲动，可是我问你啊，一个男人碰到他喜欢的女人，想得到她，想跟她在一起，你能说这过分吗？我就是想得到你，很必要，不惜任何代价，谁让你让我碰上了。

我要负责你的开心和幸福，在你之前，我从没想过我会做这样的事，女人伺候我我都嫌烦。但我愿意伺候你，我心甘情愿为你做一切，就喜欢看你满足的样子。你笑，我就满足。

我不顾一切把你劫到我的地盘，在你身上插上我的旗帜，告诉你这是我们的地方。像抢回个压寨夫人，一瞬间真觉得自己是人生赢家。就几个月前，一切还历历在目。

我想把自己全盘交代给你，不管你愿不愿意听。

对了，好好爱你爸妈，他们那样的思想都放你跟我走，这不是爱你是什么？

第一次你来我这儿，一个几平方米的公寓小屋，你看着我，你说你终于有家了，你知道那一刻，我想把全世界给你，想把我的命给你。

那段时间哥们儿说我变了，开朗了，总笑，我知道这都是你给的，我想把你介绍给所有人，可又舍不得，像舍不得拿出自己的宝贝，不想让人碰一下，不想让人看一眼。

你有让我摸不透的地方，这让我沮丧和懊恼，我从没哄过女人，没认真关心过她们，我不知道该怎么做，可我很想关心你，就是没有头绪，这让我很责怪我自己。有次你被我气哭了，这使我更恨自己，我不能让你哭，你一哭，我就觉得自己很没用。

我们没说话的几秒钟，我记得我正要说我错了，你突然走过来像搂孩子一样搂过我的脑袋，伏在你胸前说不要闹了，说你找个男人也不是为了跟他吵架的，说我再敢气你，你就把我家给砸了。你让男人对你没法儿生气。

你的确有一种能耐，让我觉得只要跟你在一起，无论在哪儿都够有格调，无论在哪儿都像个家。你让我自动变成一个小孩子，我这么大的男人，却想躺在你怀里，跟你撒娇，让你管着我，我乐意把什么都给你。

或许每个人都有奴性，要崇拜一些首领或偶像，总得找一些机会低头到另一种东西上去。我不在任何事面前低头，在你跟前低头，我愿意，你骂我，我都愿意听。

你的任何样子、任何姿态，我都觉得这就是我的女人应该有的样子和姿态，所以我才那么喜欢看你，带着欣赏的眼光，看着看着，我就想把你搂过来亲上两口。

有件事你说对了，我是说，你那次钩着我的脖子，用别的女人都没有看过我的眼神看着我，警告我说如果离开你，我这一辈子心里都要刻着你的名字，刻到骨头上去了，死也抹不掉。你说要豁出去万种风情，让我在离开你的每一个日子里都要在遇见的每一个女人身上找你的影子。

你说对了。

你之前从不把自己算在“女人”那一行列，你说起“女人”就像在讲个笑话。

我一度为你这种说话的语气着迷，不管你生气还是娇憨，只要你一看着我，我就只想着要亲你。你穿红色裙子，露出雪白的大腿，像藕一样让人想咬一口解馋。我把你抱起来，扛在我肩膀上像泼一杯红酒，闻一闻就能醉，顷刻就融在我骨血里。而在你之前和之后，我再也没有在任何一个女人身上有过这样的冲动。你的目的达到了。

送你走那天，心不在焉，你转身，我恨不得立刻就走，因为不想面对那个过程，因为你离开了，我就可以放肆地想你。

想让你给我些时间解决问题，没想过你不再回来了，如果当初知道你不再回来，那次应该好好道别。在那之前，从没认识到道别的重要性，没想过有些人走了就不再回来。

如果当初知道你不再回来，我不会放你走。

你后来回到我第一次打开视频时你坐的那张沙发上，你问我为什么不留你，让我想打死我自己。我那时还没学会挽留女人。你问的也是我想问的。我还想问你为什么不留下来。

你急了，你说你想要一个丈夫，一夜情你能找一百个！你在骂我，我也在骂我自己。

你的眼神告诉我，你的心已经冷了，好像在说你早就想好了这一切，你说你能理解，可口气里带着的都是轻蔑。我从没怕过任何东西，但你那个眼神过于随意地瞥过来，我难过得甚至想哭。

我觉得我应该一笑了之，当一个输得起的人，可那段时间我活得很窝囊，魂被你勾走了，在半路你又给扔了。你走了以后，我找不到任何意义和尊严。

我等着你的头像亮起来的那一刻，但一直漆黑一片，直到消失。

我曾以为一个男人什么都有了，女人自然就来了，我错了！

你后来对我说，你什么都有，但不会有我。

我没有告诉你，你那副样子仍然让我着迷；我没有告诉你，那时我并没有意识到什么叫失去你。

经常还会看到你的名字，听到你的事情。原来世上的确有些东西，比如命运，比如因果，比如你，人不但根本躲避不了，还犯贱地上赶着去找。如果有那么一刻我有点儿后悔，我想我更后悔从来没遇见过你。

好好爱你爸妈，他们曾经把你交给我，是我把你弄丢。

你的东西在我这儿，你要我给你寄回去，我没有。

“我终于失去了你，在拥挤的人群中”……这首歌我反复听。

我不想失去你。失去你，拥有一切又如何。

曾经我想得到你、占有你，现在，我希望你真正快乐，希望你活得真正幸福，虽然这可能会让我看起来像个懦夫。

所以想对你说，我的一切早已交给你，凭你意愿，随时来取。

你了解全世界，
却不了解我

我后来经常想你，在洗澡睡觉时，在实验室或研讨会上，在书店或者电影院里……在吃到好吃的，在网上看到美丽的旅行照片，在我坐着地铁穿越城市，在我走进人群，在我从夜晚的车窗向外望去，在梦里，在清晨醒来时，在跟朋友打游戏时，在看着每一个女孩子时……在我有意识地活着的每一分每一秒里。

这是一种报应吗？

后来我时常想，人为什么非得要可恶的自尊呢？

和自尊相比，我更想要你。

十几岁的我曾给二十几岁的我写信，惦记着二十几岁的我在干吗呢。

如果现在我告诉十几岁的那个小男孩："二十几岁的你每天花很长时间想一个没边儿的姑娘，连摸都摸不着，可你居然忘不了她。"他会不会觉得自己很没出息，会不会自卑到直接割腕自杀？

可是命运让我撞见你，我以为，什么狗屁邂逅无非是大家在人生路上打个照面，有的长点儿有的就短，就好像窗外飘过去的无数个令人短暂眩晕后便了无印象的长腿大妞。

可你不同，你让我陷进去。

我变得前所未有的卑微，并且我居然享受这种卑微。

我从没想过会喜欢你，或说爱上吧，当我发现这一点后，我竟不敢联系你，我很紧张。

我为此产生了严重的自我怀疑以及对这个世界的怀疑，思考了许多关于宇宙生命天地人和等东西方的哲学问题，五花八门、天南海北。每次，所有疑问都殊途同归，如同河流终究要汇入大海——为什么你会存在于这个世界上，以及怎样才能和你滚床单，等等。

如果换成电影，那就是一个人在脑子里迅速的计算和整合，密密麻麻的公式布满整个宇宙，然后"砰"地一声，爆炸了，所有密密麻麻的公式全部不见了，宇宙成了空白，从上面打下一道光，你出现了。

我很想矫情地大喊一声，上帝说要有光，于是有了光；上帝说要有你，于是有了你。

我的世界颠倒了，我开始怀疑一切。

可就是没法儿怀疑你。

我一瞬间觉得自己不要研究什么科学、哲学、公式、佛法这些东西，遇见你，它们都是狗屁。

你存在着，就是宇宙里一样最美好的东西，是正确，是佛法，是天理，是毋庸置疑。

我应该去读你，研究你，学习你，遵守你。

如果你说1+1=0。你是对的，跟你不一样，是这个世界的错。

遇到你之后，我变得很矛盾，很文艺，很无耻，很勇敢，很懦弱，很不要脸，我甚至还滥生了些许悲观主义，觉得上天没太眷顾我。比如，我会想一些你怎么没和我一起经历青涩年华，我又怎么没运气和你一起在青春里放浪形骸之类的事儿。

我瞒着你做了许多事。

我给你设了特别的来电铃声，上线提醒，隐身可见，即使这些功能从没有发挥过作用。

我每次在手机上打字，都会自动蹦出你的名字，而你不知道，我会把它们打出来，盯着看一会儿，然后再删掉，有时会重复好几次。

我下载了一些你的照片，存在手机里，白天看，晚上也会看，睡觉前还会看。这样你就会出现在我的梦里。

我以为在梦里我会有支配我们两个人命运的权利，会发生一些我想发生的事情。

有一次，我的身体因为梦见你而发生了一些比较剧烈的生理反应，半夜醒了，我很痛恨自己，因为我发现即使在梦里我也控制不了，如果能，我宁愿不要醒啊。

你不知道，遇见你以后，我觉得这个有你的世界，特别美丽生动，我做了一些诸如热心主动地帮别人带路，对遇见的人微笑，碰到乞丐就开心地给他点儿钱这样的事。

你不知道，你喜欢着一些我不喜欢的人，但后来我居然开始喜欢他们。

你不知道，我看过你所有的字，分享的东西，听你喜欢的音乐，看你喜欢的书和电影，我以为只要这样我就能离你更近一些，直到我发现，你太狡猾了。

你不知道，我问我自己，如果她是一个自私、冷漠、势利、放荡、卑鄙的人，像我曾经看不起的那些女人一样，我会不会厌恶她。

在这个自我追问的过程中，我居然发现人性本恶，还总结出诸如在一个特殊的没有节制和惩罚的空间里，人类的恶是没有极限的这样的结论。由此，我竟更加爱你，并理所当然地觉得其他人很虚伪。

我发现爱是好吃的毒药，中了毒，人就得了眼盲症，增加了对伊人自动磨皮美化处理等特异功能。

我发现，当一个人喜欢上另一个人时，他就不自觉地会找一千一万种喜欢她的理由，他就只去相信那些他愿意相信的因果。

其实都是狗屁，我不是一定要喜欢什么样的姑娘，我就是喜欢你。

我发现，如果人能意识到真正的爱会让人脱胎换骨，就会正视它，敬畏它。

你问我，某某为什么成不了大家。

我说深刻的东西没有市场。

你说有没有市场，重点不在深刻不深刻，而在于是否能打动人心。

你说，因为太骄傲，太聪明，没有经历过大号的爱情，没有在爱情面前将自己赤诚交付出去的态度，必然体会不到人在真爱里那种至高无上的欢愉，忘我投入的快乐，彻夜难眠的煎熬，辗转反侧的迟疑，面临选择时的胆怯，没走过风雨雷电，没在烈火中熊熊燃烧，没有哭得大雨滂沱，没有卑微到迷失自我。

你说，真爱是用人间的七情六欲来历经自己的过程，将自己脱胎换骨，又在烈火中涅槃重生，打通全身经脉，生出一双火眼金睛。

你说，人若经历过这样的感情，被如此历练，便会有让文字在云里翻飞、在风里跳舞的本事。灵感顺手拈来，像天赐的礼物，三言两语，就可戳到人的皮肉里去。低，可低进泥土，高，可直抵云霄。

你说这是境界。

你说蹚过女人的河，却没经过爱的历练，真是可惜。

你说没有大情大爱、大痛大痒、大痴迷和大顿悟，所以成不了大家，但也是种幸运，因为会活得轻松一些。

你问我，如此说来，爱，是不是一种天赋？

爱是生命之光、欲望之火、灵感之源。有人以爱之名清高，有人以爱之名苟且。——我记得你说的每一句话。

你不知道，那时我很想说，我什么也不管，我的爱，就是你赋予的。

离上次给你打电话有半年了，你不知道，我还记得你每一个字的声调，还想着你说每一句话时的表情。

你不知道，所有可能联系上你的东西，都会让你的模样出现在我面前。

你不知道，我每天都想有趣的话题，怎样开始和你对话，不被厌烦。

你不知道，我看你的每一篇文字，就能知道你那天的身体状况。

你不知道，我甚至想要离你远一些。

你不知道，你了解全世界，却不了解我。

（此文是根据阿K的短信以及只言片语撰写的一篇情书）

最不屑一顾是相思

我特别希望我这辈子吃过的最好吃的菜应该有一个非常浪漫的名字，比如双黄××、椰蓉××、芝士××，从读音上它们要兼具中西特色，文艺又小资，以至于任何时候我在街上看到它们都可以驻足痴望，并顺势发出一声令人回味的叹息，以此增添一抹戏剧性的色彩。可惜，我吃过最好吃的那道菜，简直太过乡土，很无奈它就叫“菌汤”，俗称“蘑菇汤”，是我的某个男朋友做的。

我习惯同人谈起前男友时称其为某个男朋友，我想，这样可能不会使我显得可怜兮兮，不会被人发现，原来我翻来覆去讲述的跟男人有关的无数个故事居然都来自同一个人。

皮肉糟蹋得差不多了，剩下些为数不多的骄傲，实在不想被人戳穿。

有一年冬天，好吧，其实也就是去年（我这么说只是试图模糊时间概念），他从零上三十几摄氏度的深圳飞到零下二十几摄氏度的长春来见我，并顺便拜访我的父母。白天只有我们两个人在家，他说咱们去买菜吧，我给你熬菌汤。我心想，他熬的就是毒药，我也愿意喝。别说去菜市场买菜，就是去菜市口断头台，我有不跟着去的道理吗？

后来，他又随随便便地说了一句："去一次菜市场和超市呢，就知道你们这个地方大概的物价水平了。"让我觉得，这哪儿是普通男人能想到的！反过来再看看自己，我忙着思索穿得是不是得体，忙着偷看他是不是也在看我，哪里还能有什么闲心去想多余的事。

那时，天地间正被厚重的白雪覆盖，阳光适度铺落下来，大地上像撒了一层会发光的白糖，把人馋得真想趴在地上舔一口。

我整个人晕乎乎的，心里有一种不知所谓的，能把一切抛掷于尘埃中的快乐。

他牵着我往哪儿走我就跟着往哪儿走，没有远方，只觉我能生在这世间，又能在这白雪皑皑的大地上与他相遇，被他牵着手一起来买菜，我是有福的。

他是个有意思的人，好好地上着学，跑去学厨师了，学会做各种菜，又跑回学校拿学位了，吃喝玩乐泡女人拿学位都不耽误。他时而像老师、时而像朋友的形象把我迷得晕头转向，让我觉得整个人生真是在精神上发了一笔横财，能学这么多东西，还不用交学费。

跟他去买菜的时候，我觉得买菜真好，看他做饭的时候，我觉得做饭真好。我记得那时，锅里一片片蘑菇咕噜噜翻滚着，香味直逼心灵。很后悔那一次没有把一锅汤都喝掉，因为那时我怎么也不会想到以后再也喝不到了。

遇到他之前，我一直抱着“吃不到一块儿去的人必定生活不到一块儿去”的想法，遇到他之后我更加肯定。

我喜清淡，不吃咸不吃甜，不吃油不吃辣，不喜调味料，能生吃就不做熟，能水煮就不油炸，能不放调味料就不放调味料，我喜欢享受食材本身的味道。而用一种食材去调另一种食材这种奇怪的饮食习惯，是后天才逐渐养成的，我常因此对聚会吃饭感到恐惧和痛苦，之后便总结出了吃不到一块儿去的人也过不到一块儿去的歪理。

他那时并不知晓我的口味，我让他按照他的方式来做。食色性也，做戏不得，我想更本质地了解他，结果，汤出锅，一切正中我下怀。

曾看过一部电影，对那句台词无法理解：“人若是要活下去就无法拒绝味道，味道直接渗进人心，鲜明地决定人的癖好、藐视和厌恶的事情，决定欲、爱、恨。主宰味道的人就主宰了人的内心。”遇到他时，我理解了。

我平日里也自认为是个能下厨房的人，这会儿在他跟前，压根儿没了气场，我一看他用刀用锅的架势，就知道我那点儿功底只配给他打打下手，打一辈子也愿意，能看着这样帅的人做饭，看一辈子也看不够。

厨房是比卧室更适合调情的地方，那里有随手可触的人间烟火，直接逗引着人心里的七情六欲。这也是我为什么更喜欢那些会做饭的男人，他们，更知道什么叫日子，更懂什么叫生活。

那一晚，他做了粤菜、意大利菜、东北菜，满满一桌子摆上，丰富多样。我们一家人眼睛都看花了，跟客人似的，谁也不敢先动筷子。我平日里吆五喝六习惯了，那时却像没经过事儿似的，愣头愣脑。

我妈夹一口菜，抿一下嘴，不好意思似的，说真好吃。我爸只笑，那是我这么多年没在他身上看到的一种笑，你能在那一瞬间的笑容里看到一抹老男人的沧桑，里面夹杂着一点儿感叹、一点儿欣慰、一点儿释然、一点儿感激，还有一点儿泪光，它让我想起在姐妹的婚礼上看到的她爸牵着她的手递给她老公时的那种表情。

平时都是我妈爱流眼泪，看个韩剧日剧，听到谁家怎么样了，眼圈就红。但那天我爸也有些激动，不但表情丰富，话也多，一会儿说起我小时候；一会儿又说起我性子怎样倔，需要个人管管；一会儿又说起我在国外怎样苦，刚回来那会儿累得不成人样；一会儿又说我每天睡太晚，真想找个能管住我的让我好好照顾自己……我心里捏一把汗，生怕我爸一激动把我从小到大那些丢人的事一股脑儿都交代了，不敢使眼色，只好在那儿干坐着，不敢抬头。不管怎么说，我也有今天，能把这么好的男人领回家来，我打心眼里骄傲。

那时，我开始相信在这二十几年里从不相信的东西。

那时，我遇到了有限生命里从不敢奢想的爱情。

但是它来了，带着一切未知的过去和将来，突然来了。

有个人从天而降，来到我的世界，要带我走。我不想拷问他的过去，不想知道他是从哪里来以及怎么来的，我只知道我会跟他走。从我故步自封的生活里跳出来，跳到另一种生活和另一个生命里。

一切都是新的，却不陌生，我开心得像个迷失许久终于回家的孩子，不知东西南北，天高地厚。

有什么困难呢？一切都不是困难。

要什么以后呢？不要以后了。

此时，此刻，此地，此人，就是地久，就是天长，就是永远。

不管时间，不要时间了。

人真是奇怪，平日言及爱情滔滔不绝，真陷在爱情里反而说不清什么是爱了。

后来，我们因为家庭原因分开了。

再后来，我独自一人在家时，常常突然想喝蘑菇汤，总是一边撕着蘑菇，一边想着那个给我做蘑菇汤的男人，等突然反应过来时，蘑菇都给撕碎了。我尝试去回忆他的做法，但不管怎么努力，也做不出那个味道来。这让我懊恼并且灰心丧气，有时汤煮好了，我也喝不下去，只眼睁睁地看它从热变温，从温变冷。

距离第一次喝到它，过了这么久，好像还抗拒着外来的一切味道。

我开始想，是不是第一次喝的那碗汤里，蘑菇不一样。

有可能是，什么都不一样。

为了忘记很多不该记得的事——忘记不该记得的事，在我眼里一直是种本事——我不停地让自己忙碌起来，强迫自己和朋友们快乐地生活在一起，偶尔给家里打电话。在那些独处或者非独处的时间里，莫名其妙觉得空虚，就拼命用各种食物来填塞，并不是饿，只想填满心里的窟窿，可始终找不到那个味道。于是，我终于不得不承认，有时生命里曾遇到的很多味道，在以后许多个毫无关联的日子里，会无缘无故地出现，好像欺负人般的，提醒着你，哼，只能想念了，再也吃不到了。那种渗入心里的味道再也没有了，对于我这样一个吃货，真是一件值得伤心的事，于是我就哭了。

在许多个莫名其妙说哭就哭的时刻，有人问我怎么了，我总是回答说，突然想吃什么，吃不到了。

最大的痛苦，是在痛苦时想起快乐的日子，回味过往的幸福。

许多个若无其事的日子过去，有天朋友聚餐，饭桌上不知谁点的一盆菌汤，我尝了一口，立刻起身跑出去，到那个污秽的厕所里，偷偷摸摸地流出眼泪，鬼鬼祟祟地难过起来。

曾经在和这个世界无法和解、势不两立的时候，我总渴望有人来真正了解自己。那时我有无限多的倾诉和表达欲望，我努力告诉别人自己是多么与众不同。随后却开始与这世界同流合污、狼狈为奸，再没有从前的动力去表达和分享什么。

偶尔，当我穿梭在城市中，看夜色下的人群时，有许多事、许多话、许多情感如浪花般涌出，潮水般袭来，或许才能偷着放纵一下自己，偷着想念一些人，怀念一些过往，苦笑三两下，懒得去表达。譬如，今日心情不佳，今日十分想念他。

风袭来，心里就哼着："最肯忘却古人诗，最不屑一顾是相思。"然后，便若无其事、嘻嘻哈哈、没脸没皮地继续生活了。

PART Ⅳ

又有谁的青春是安逸的

生活的道路，唯一的捷径，就是你踏踏实实、一步一个脚印地走过去的。

摸爬滚打着，在这水深火热的世界

我认识海南时他就在拍电影，我们认识快三四年了，他还在拍。

海南是生于20世纪80年代末的北京孩子，在部队大院里疯跑着长大，是正宗的胡同串子，带着长在皇城根儿下的与生俱来的优越感。

由于他退学时正好我也退学，我们就这么成了“退友”，一见如故，有许多共同语言。

我一边打工一边在欧洲浪荡，他扛着机器带着哥们儿跑到美国拍起了他一直以来就想拍出来的片子。我们平时遥望于江湖，患难时刻也给彼此留过话，有需要就张口。

海南的一路上奔波可不少，有哥们儿撤资离开的时候，有遭遇爱情和事业双重打击的时候。片子拍得太久，很多人来了又去，很多激情涌起又落下。他走累了就坐下，一坐能坐一整天，坐到太阳落下去，星星月亮升起来，终于知道饿了，拍拍灰起来继续往前走。

有时我想多嘴说一句，差不多行了，赶紧交差了事，何必跟自己过不去。但又不敢说，因为我一说，他不会争不会吵，只笑呵呵地琢磨一会儿，说：“嗯，你说得也是。”我就知道，他这是心里不愿意了，敷衍我呢。

他心里有一种泯灭不了的情怀，作为朋友谁都知道，这和他作为一个北京孩子的成长经历有关。他对这个城市，乃至国家，有热爱和责任感，他被那些东西鼓动得无法安宁，你说他，他也不会听，你只好看着他，伴着他。

看久了，你发现你鼻子会酸，你会被他影响。

他认为每一代人都需要纪念品，一如20世纪70年代的青春热血，80年代的理想主义。他想记录我们这一代人——80年代末90年代初的这一代人，在当下这个飞快发展的时代，在面对海量的信息和选择时，要如何狂奔，会怎样迷失，以及多么渴望平静。

在受到事业、感情双重打击的时候，他也孩子气十足地喊着真不想干了，他也无法忽视心里的苦。

他每半年回一次国，会跟我通电话，彼此说一下各自的情况。他还是难免会流露出一些悲天悯人的情怀，譬如关于一个时代、关于一个群体的。

他说这时代多的是抱团取暖、自我解嘲、玩世不恭，用“不认真”来避免“输”，缺的是“匹夫有责”和“知其不可而为之”；他说人们心中太多恐惧，太多绝望，少有人从乐观的角度思考问题，从实际之处谋求改变；他说历史总要向前走，父辈总会死去，总会有一批新人站出来，接管这个满目疮痍的世界。他说他有责任站出来，并且准备好接受所有的嘲笑，让自己在嘲笑和质疑中不断强大，最终证明给所有人：这个世界需要认真的人。

他不想做渊博和伟大的人，他想做个认真的人，立于波涛澎湃的世界洪流，踏踏实实地走路。

我看到这句话，在微笑中掉下泪来。希望所有在路上、在拼搏、在夜路里的孩子，加油！

他是北京的孩子，他想好好爱这座一言难尽的城市，可他发现当他长大了，终于可以站在高处认认真真地看一看这座城市时，这城市早已不是当年的模样了，它飞速地跑，快到几乎走光，他说这是20世纪80年代末90年代初的一代人的尴尬。

他常跟我感慨，二三十年之后回头看，会发现很多闹剧，比如过分渲染理想主义和梦想，放大青春的意义，全民创业、过度消费等等，他说一百个人里能有一个人稍微抽离出来一点儿，看出闹剧的可笑之处和荒诞之处，这个人就能搞艺术创作了。所以说，艺术家不能太合群，经常得静一静，保持对人生意义的追问。

我从不问他片子拍得怎么样了，什么时候上映，创作的人比较敏感，要保护他的创作状态。他每次都表示你还是问问吧，问问我心里踏实，我想想也没什么问的，因为太理解，他说还要两年。

两年啊，说长不长，说短不短，两年后我什么样子，难说。

我说，这破马张飞的时代你还真沉得住气。

他喜欢《恋爱的犀牛》，话剧看过无数次，每句台词都记得，每一次都不要脸地振臂高呼和热泪盈眶。当他看到马路（《恋爱的犀牛》的男主人公）站在舞台中央，因过度激动而上气不接下气，当他看到灯光打在他身上，听到那句“把一切美好的东西坚持到底”，就觉得那个形象异常高大。“岁月流逝，和几年前相比，我越来越明白坚持美好的东西不容易。”他这样说。

他，就像一个走夜路的人。

人在行夜路的时候，很容易丧失信心，辨不清方向，哪条路看起来都是黑的，没有一点儿亮，那时会觉得身边刮过的风格外阴冷，你格外恐惧孤独，好像掉进了另一个时空。

行夜路的人是绝对哭不出来的，在真正的黑暗里，它考验的并不是这个人的才华和智商、魅力和金钱。

黑暗像一面镜子，让你认识真正的自己。当一个人陷在黑夜里，他唯一能依靠的，就是意志。

行夜路的人需要笨，笨到不会怀疑与在意，不怀疑这人世间的妖魔鬼怪，不在意道路两旁的荆棘丛生。聪明人想得太多，反而容易被黑夜吓破胆。

行夜路的笨人，只会沿着一条道儿走下去，实在不行就坐下歇会儿，他能坚持，所以他能够走得长远。

他熬得住，所以他会看到黎明。

黎明到来时，周围一片豁亮，他才明白，其实都是自己吓唬自己，身边什么也没有，没有变态杀人狂，没有吸血鬼僵尸。

“我在美国的每一个角落奔走，但也哪儿都不在，二十四岁了，本命年，想直接去三年之后那个无数次梦到的充满鲜花的首映式，那里有一直陪着我的，或者一路上走散了的朋友们，等那时候，你们就都回来吧。”

“一路上走散了的朋友，等那时候，你们就都回来吧。”这是他备感孤独时给自己打气写下的句子，我看了，又在微笑中落下泪来。

只想说一句“加油”，给那些行夜路的傻瓜。在一个无垠的世界里，你并不孤独。

又有谁的青春是安逸的

房东奶奶在杳无音信了二十天后突然回来，在我毫无防备甚至已经开始做好准备和她家的猫相依为命的时候。

走之前说是去英国，然后又转到瑞典的一个小城市，小到她说了三遍我也没记住便再没好意思问。问旅途怎么样，说美啊，好啊。然后说，本来周一就可以回来，结果因为机场行李安检方面出了问题，延误了飞机，又重新买了很贵的机票，而且要在机场等两夜。说到这儿的时候，我止不住地想象着这个年老而肥硕、长相并不可爱、头发少得可怜的老太太，因为行李超重两公斤而拼命把衣服往身上穿，把吃的往兜里塞，生气着急却又不得不跟工作人员解释的模样。我问，之后怎么样了呢？她说，本来已经准备好在机场的椅子上躺下了，又被人叫住，说可以去几公里外的一座小教堂过夜。然后奶奶就拎着包出去，搭了一辆车，到教堂外面等神父，神父不在，却赶上当地一家人在做祷告，然后说起来这个事情，就被那家人带到家里去过夜，两国人语言不通，靠比画互相理解，在那个家庭里吃了晚餐、洗了澡、睡了很舒服的一觉。第二天又去机场，晚上刚准备躺下，那家的女主人又来了，重新把奶奶接回家去住了一晚，第二天，飞机终于飞到了慕尼黑，奶奶准备跟航空公司打官司申请赔偿。

奶奶七十三岁，是资深背包客，走过近一百个国家，搭车、住青年旅店，腿脚一点儿不麻利，行动一点儿不方便。经历过战争，三十五年前从罗马尼亚逃难到德国，除了和平，对生活无欲无求。旅途中没钱买东西吃，就自己在家做好吃的然后带着。可就是这样，也拦不住她出走的心。

说起她前夫，奶奶突然像个姑娘一样，“我们离婚二十五年了，以前在一起的时候，我们两个人一点儿矛盾都没有，特别好，可是有一天，谁也不知道怎么回事，他突然爱上另一个女人，就跟那个女人跑了，我一点儿心理准备都没有，他就那么走了，就那么突然走了。后来他和那个女人生活了二十五年，前几天对我说要跟人家离婚，说没办法理解人家，可是他都这么大岁数了，现在离婚，上哪儿找老婆去！这个人啊！”然后就不说话了。

这样的女人，你真的很难说她老，她一辈子都有热情，一辈子都不安分。

我的前老板，年轻时在三个国家读大学，掌握了德语、西班牙语、法语、英国语、荷兰语和一点儿拉丁文。以前在球队，后来组乐队，会弹钢琴和拉手风琴，在大学的假期里到处去大街小巷演出卖艺，没创业之前，一直觉得自己以后可能会做个音乐家，并以此为生。

这个男人，年轻、英俊，家庭和睦、富足，一个男人应该有的一切，他都有了。有一次，天很晚，窗外下着雪，他小心翼翼地开着车，我坐在副驾驶位置，他突然说，你是个很努力的女孩嘛！那段时间我对他充满敌意，就很不屑地说，还好吧，你不也很努力吗？他接着说，我出生在一个非常小非常小的村庄，整个村子里就几百人，家家户户都认识，那个地方小到没有商店。后来我到外面上大学，就再也不想回到村子里干活了。我突然语塞，继而内疚，原来人世间所有的敌意都源于不理解。后来，慢慢知道他一直是各种奖学金得主，一直是班里的第一名，课余时间自己卖艺打工，做体力活，看了他年少时跟乐队一起演出的照片，穿土气的运动服和球鞋、土气的西服，样子窘迫，透着青涩。

几个月前我辞职，某个漂亮能干令人嫉妒的西班牙女人问我，那你以后的生活怎么办？我说先跟家里借钱吧，先缓一缓，我累了。伊对我说，你知道吗？我二十岁的时候，连你一半的经济优势都没有，那时候我做的是非常重的体力活，在英国上学，所有费用都是我自己支付，你才做这点儿事，你累什么？你凭什么累？然后深深地鄙视了我一眼，到现在，那个表情让我印象深刻。

我的前男友，1989年生人，读过几所大学，拿了几个奖项，开了几个公司，分布几个国家。大学时在香港端盘子，盘子摞起来比他高，每天累到要吐。自己去找风投，每天坐在人家公司楼下窝囊地等，一等一上午，一直等了一个月，终于把风投打动了，开始了他后来的事业。有一次，我辛苦到要哭。他给我打了一晚上电话，把他那些窝囊事都讲了出来，跟我说，我在你身上，看到我曾经的影子。他说，你还小，这些事，是你一定要经历的。只要你熬过这些苦日子，以后就会很甜。我那时以为他不爱我，不心疼我，跟他怄气。但是时间真是一位很有耐心的老师，很久之后，我才懂得，原来他才是一直在我身后给我支持、鼓励、保护的人，就像是亲人对我的付出。现在每次静下心来想起过去的自己，都会莫名悲哀那么一下子。

这几天，身边的同学又开始抗议交学费的制度，这也是我第一次切身感受到的小规模学生运动。我第一次发现，原来一个人在为自己争取权益的时候，表现出来的气度是那样令人敬佩。身边一个波兰姑娘，脸涨得通红，一直在说，政府为什么这样？为什么还要学生交学费？大学生本来就是国家重点培养的人才，大学生本来就是社会上最穷的人，我们要交学费，交房租，要学习，还要打工，我们的父母凭什么负担我们的学费？

这是他们的思想，父母给孩子交学费，是他们没法儿理解的事。我是班里唯一的亚洲姑娘，年纪最小，在德国的时间最短，家离得又最远，文化差异大，又无依无靠。我们经常一起野餐，一起爬山，一起郁闷，一起发愁下个月的房租。但我们也经常感叹，哦，this is life（这就是生活）。

年轻时，注定有颠簸，有眼泪和汗水，有委屈、失败和不甘。

而也有的朋友的话我很赞同，生活的道路，唯一的捷径，就是你踏踏实实、一步一个脚印地走过去的。

从颠沛流离的青春，一步步地走向笃定和成熟。

走上坡路都很吃力，下坡路才轻松。

无论是鸡飞狗跳，还是躁动不安，青春都不属于安逸，安逸是一潭死水，跳进去就出不来。

而我，只有两种生活方式，阅读和行走。

也只有两种感情状态，路过和同行。

当我一个人的时候，我在做什么

离开家乡数年，回来时像变了一个人。

独处是我多年来的生活常态，许多人都在问："你一个人的时候，都在干吗呀？有意思吗？"

突然想起，所有认识我的人，都不知道我只有一个人时在做什么，以及是什么样子的。

很多人知道我爱玩儿，很疯，以为我应该是那种处处留情、游走于各种男人中间的女人。实际上，我不仅不玩儿暧昧，更与水性杨花无关，简直是长年累月单身。我会的东西很少，但是我学东西非常快，快到走过这么多地方，极少被完全陌生的环境吓到，我对一切不知道的东西都好奇，有机会就一定学，没有任何目的，不为任何原因，只是觉得不学习，从生理和心理上都有说不出的难受。所以如果要外出，或者去应付实在没兴趣的人，我都会带着书，即使钥匙忘带也不重要。我难过、伤心或者有任何情绪，就自己待一会儿，心空了，想往脑袋里塞点儿东西，就会平静、放松和开心。

我一个人的时候，早上八点半到九点半起床，喝杯水吃点儿东西，不洗脸，先看邮件，然后开始学习，持续到下午四点半，洗漱，做东西吃，伸伸胳膊和腿，能不出门绝不出门，必要出门时也要这个点出去，随便走走，去超市买点儿食物，吃过饭继续学习，持续到凌晨三点半到四点半，睡觉，一天不说一句话。其间一直挂着QQ和人人网，想说话了就在人人网上秀个下限，我并不吸烟，只能把人人网当烟吸了，工作累了，就上去逛一会儿。高三别人是怎么过的我不知道，我高三是重点中学重点班的学生，那状态就是每天除了活人最基本的需求：呼吸、吃饭、上厕所、洗澡、睡觉之外，要分秒不停地学习。我一个人生活的每一天，都在过高三。

一个人的时候，我喜欢跟植物、水果说话，它们有生命，跟动物一样。自然界里的生灵都是可以交流的，植物或水果有它们的语言，只是人类难以识别，但如果你很爱它们，就会感觉到它们，它们的情绪，它们的状态。我家里养了一些植物，如果你也养植物，就会知道它们都有不同的性格，我喜欢大叶子植物，它们宽容、情绪饱满。我去花房买花，就是站在那些植物旁边，看跟哪个气场能合得来。我喜欢它，它也喜欢我，就可以搬回家了，每天看到它生长，就会非常欣慰和开心。我一个人的时候，看到喜欢的水果摔在地上会很心疼。今天在超市看到一个好大好漂亮的火龙果，立刻买了，付款的时候没拿住它一下子摔在地上，十分敦厚的一声闷响，哎哟，就像你看到一个小孩子从购物车里掉下来一样，你感觉自己也在疼。我觉得好愧疚，把它捡起来就一直安慰她，用两只手拥抱它，好像可以给它传递力量，当然我并不会说出来，因为人们会以为我有病。我一个人的时候，切水果会先摸摸它，会跟它说，切开皮是很疼的我知道，但是如果这样放着你会老，会烂掉，变得很丑，所以你要进到我身体里来，你身体里的东西和我身体里的东西会相遇、结合。如果我的皮肤变白嫩了，那就是我知道，你和我身体里的东西很合拍。

我太喜欢水果，挑水果也挑我看它顺眼、它看我也还不错的那种。有时，一大堆同种类水果在一起，我觉得不喜欢我的水果是很回避、很闭合的状态，好像它们看我就很恶心一样，喜欢我的水果会呈现出一种很开心的状态，你摸一摸它，它好像会很乖地看你笑，挑那样的水果，你们彼此都很开心。植物跟人一样，人有很多种不一样的性格，植物或许比人还多。

我是个非常脆弱的人，脆弱到为花草流泪。跟其他人在一起，都会让他们优先。在饭馆吃饭，我不忍心弄脏桌子，临走会尽量把吃过饭的地方收拾一下，以便让收拾桌子的服务人员省些力气；离开宾馆我也会叠好被子，收拾规整；去朋友家住，在时间允许的范围内，我会尽量整理成好像我没去住过的样子。不是客气，是我总是怕麻烦别人，毕竟人家也是要多费力气收拾的，我何不减少一些别人的负担。过马路我就让着车，开车我就让着人，做任何事的本能反应都是不要打扰和伤害到别人，在公寓群居，开门关门都轻轻的，在厨房做完饭要立刻收拾干净。有姐妹对我这样的做法不只是训斥过一次，她说你这就是没有安全感，活得太忍让了！这样是要被人欺负的！我就笑，我活得好着呢。

无辜的人在我眼里都是好的；我爱的，或者能短暂走进我的世界的人，几乎都会被我供在心上。

和喜欢的人在一起时，我会从自己的世界里走出来，全身心地接收他发出的所有信号，那是一个很饱满、很快乐的过程。如果他身上没有我能接收到的任何信号，我就会觉得无聊，会像生病一样，或者想赶快回到自己的世界里，要么找借口做点儿别的事，要么就去搜索此时此地身边其他的信号。如果搜到了，我就乖了，但我会在意识里暂时把身边的人隔离，注意力都集中在信号来源的地方。

很多人以为我交朋友很势利，实际不是的，我只真心去交那些我能搜索到信号的人。他们或许在别人眼里很优秀，或许平凡，但他们的共同点是，生命状态饱满、对生活热爱。他们都是认真对待生活的人，而且善良，对世界有同情心。

当我遇到那种完全不考虑别人的自私的人，会坚决把他排除在朋友圈子外，如果他跟我不得已会有交集，我就一定要让他尝到自私的苦头。虽然我是一个连花草都不忍伤害的人，但伤起人来不留情面。因为我想要世界的善，就恨世界的不善，就要去惩罚那些不善的人，这简直是佛家讲的执念！简直是病。

如果一个人面对我时简单或真诚，我面对人家时的状态几乎就是婴儿。如果对方对我有心机，我心里的那朵白莲花立刻就会变成黑色的。懂善之人必懂恶，大善之人必有大恶。能走进我的世界里的人，毕竟太少。

一个人的时候，我是个过度思想者，生活在高度警惕的状态之下，脑袋像永远不停止旋转的机器，出门上街也本能地去读取路人甚至周遭的一切信息，连睡觉时都像有台打字机在不停地打字，搞得每次醒来要赶紧记下来免得忘了。我生活得非常谨慎，在街上走，只要是视线范围可及的地方，我都会调动器官来探测安全，譬如十米以内的道路是否平坦，百米内有无车辆突然加速，有没有人突然行动异常，等等。然后对路过的每一个人，都要审视和甄别。我这种类似本能的脑部和心理活动进行得不动声色，或许同时我还能兼顾跟旁边的人谈笑风生，摆弄手机以及身上戴的东西，等等。当走进一家店，不管是饭店服装店还是银行什么的，我除了对刚刚提到的那一切不能停歇的感知外，还控制不住地想研究这个地方的装潢设计风格等各种细节，连一丝一毫也不会放过。去超市我会研究当天的销售策略，为什么这个东西要摆在这个位置等；去餐厅也是一样，会照着菜单算成本，总之是停不下来思考。当我越没有安全感，就越会不自觉地要掌握身边一切信息。

当我意识到人性的不可测时，我就让自己永远活在生活表面，既然不可测，那么猜测人性就是没用的，你说什么我直接信就好，我怎么样直接暴露给你就好，省得大家绕了一大圈，还是要回归到这个状态上来。

人性虽然不可测，但人毕竟是人，活不到宇宙外面去，有生死，再怎样也是有限度的。一个人独处时要想想人的界限，在这个界限范围内什么事都不新鲜、不惊奇，在外面与人相处时就能够以诚相待，因为在他的界限里，你早已做好了面对任何可能性的准备了。

所以我爱那些纯粹的人，如果做人能保持纯粹，那么他一定需要另一个与纯粹相反的极来平衡。正常人只有在出生和死亡的那一刻最纯粹，那分别是两个极点，或者是一个生命交接的点。人在出生和死亡的点，都同时具有最强大与最脆弱的两种能量。在生命的中间如果你仍然拥有这样的极，你就拥有了最强大的力量。

你有没有见过襁褓里的婴孩？它们柔软得对世界没有一点儿抵抗力，它们无知无畏，但它们有股力量，连凶猛野兽也不会伤害它们，连你抱起它时双手甚至都是颤抖的。最柔软，就是最强大。柔软不但不被世界所伤，反而要被世界保护。

一个人的时候，我就享受一个人。比如我会开两个笔记本，一个用来敲键盘听歌，一个做着其他事情。我习惯一次开好多网页，一台电脑无论怎样也究竟是慢的，两只手分别在两个电脑键盘上，运行不同的东西，减少被浪费的时间，会令人开心。有部电影叫《华尔街：金钱永不眠》，一句台词深深说进我的心里，大意是："有钱人不是那些随随便便坐头等舱的人，而是可以拥有自己飞机的人——什么样的程度算有钱？我以为有钱到可以不用浪费时间。"我舍不得花钱享受，于我，最大的享受，就是不沉溺在浪费时间的痛苦里，最大的奢侈，就是不惜一切去购买时间。

不浪费时间，就是在一个状态时，不去巴望另一个状态。学习时别想着出去玩儿，玩儿的时候别提心吊胆，爱一个人时别惦记其他，有碗里吃的就享受碗里的。写到这儿我该结束了，因为我明显已经从一个人的世界里走出来了。所以，人不是驴，受牵受打，人的生命自有它该有的状态，人也能自然找到应该去的地方。

我并不知何时才能到达，亦不知它在哪个方向，我只把自己交给内心，交给命运。它推着我往哪里走怎样走，我都毫不犹豫地出发，黑暗里我用双手拥抱自己，与风随行，与魑魅魍魉做伴，一路荆棘、泥泞、坎坷、恐吓和诱惑，那简直是孤独旅人的调味料，酸甜或苦辣，生动又鲜活。在山谷里攀爬，从泥泞走过，闻一闻路边的花，我依然觉得天空美好，风雨多情。

成功和快乐，你只能选择一样

某日，朋友正儿八经地跟我说，小丫，你知道吗，成功和快乐你只能选择一样。我哈哈大笑，这问题就像小时候人家问你长大后要考清华还是考北大一样。

后来才知道当初真是想太多了，人们总习惯在那些尚未到来的事情上浪费太多精力，而不自觉忽视了真实的此时此刻，总要过很久才明白，曾经忧心忡忡的事在命运早给你安排好的未来里，并不一定会发生。

世界上的大学不只是有清华大学和北京大学，生活不只是有成功和快乐。

清华、北大都不容易考，正如成功和快乐都不易得到一样。

如果生命中没有快乐，那无论你爬得多高、做得多好，都不能被称为成功。那些鸡毛蒜皮的利益，与真正的成功相距太远。

成功与快乐，不曾有一点儿矛盾，它无非是个先来后到的问题，正如你很难一边在峭壁攀登一边与爱人谈笑风生一样。

许多次跌倒又爬起来后，我早已熟知，对于生活，人千万不能自作聪明、百般计较，不如笨拙地生活，它给你痛苦你就勇敢肩负努力解决，它给你幸福你就毫不犹豫地赶快抓住。

对我而言，成功就是在一个波涛汹涌的世界里，有勇气去选择，有本事去守护自己所喜爱的东西。有事做，有人爱，有知己，能果腹，能歌唱，这就是我眼里的成功。由此可见，它与快乐并不矛盾。

三年前，我不顾众人反对就走；三年后，我不顾众人反对便回来。看到人们仍然在同样的地方做着同三年前一样的事情，而我像一个旅客，没有一滴眼泪，也没有一声叹息。

人生的确会有一个时刻，自己对自己妥协。那时你会宽容自己的缺点，你面对自己面对失败的时候更加坦然、更加平静。那是一种境界，但绝不是在二十岁，绝对不是。二十岁是一个不停地去吸收、去积累、去受伤，然后重新学会面对的美好过程。一个女孩子，若是不喜欢不关注美丽的衣服和外表，她要是有好好的日子放着不过低声下气地给人打工，她要么是真傻，要么是心里有更加远大的理想或抱负。这些理想和抱负，压得住她的欲望。当你纯粹起来的时候，你的内心会变得无比强大，挡得住流言，抵得住鄙夷。

有些生命里的奇迹，像岩石里开出的花朵，吸引着你去探索和尝试，搔得你心里痒痒。心里痒痒怎么办？去行动！绝不能放任它痒下去，正如攻克恐惧的最好方法就是直接去面对恐惧一样。所以，生活里只有成功和快乐这样的硬性指标吗？不。生活像博大精深的海，它暗潮汹涌，但里面还潜伏着希望和梦想，潜伏着那些让你不顾一切、不计后果与得失的东西。

想被人夸，你就要活得小心翼翼。我只想活得真实，也做好了被骂的准备。

一段很长的路，你走过来了回头去看，如果能有一件事、一个人、一个东西让你在想起的时候嘴角不自觉地上扬，感到满足和幸福，那就是幸运了，那就是值得了。

所以，人生的第一大快事，是在最恰当的年纪奋不顾身地去爱一个同样爱你的人。第二大快事，是在最恰当的年纪奋不顾身地去做你想做的事。

而为什么要做喜欢的事、爱喜欢的人，答案只有三个字：不后悔。

敢放弃，或许也是一种智慧

我有个朋友出国了，想家，几年不回来，说没做出成绩，没脸回家，天天压抑。我问她，怎样才算有成绩呢？她说，有本事留在那儿。我又问，怎样才算有本事留在那儿呢？她说，要么拿到工作签证，熬几年就能有长居资格；要么结婚，熬几年也一样能拿绿卡。

朋友A的情况是这样的，她从欧洲某国的高校以研究生学历毕业，毕业那年恰好当地政府出台限制外来人口的就业政策，找工作非常难。她要强，不服气，不回家，非要拼出头来，找了当地的男朋友，两人有文化差异，经常闹矛盾，那男人时不时就打她。她忍着，为了能熬出头，为了证明自己，为了那一丝丝能拿到长居资格的希望。

朋友B是这样的情况，从某国高校以研究生学历毕业。那个国家种族歧视非常严重，尤其对亚裔男性，在生理心理上严重摧残，各个行业都保证让人感觉自己输在起跑线上。他的心理已经被挤压得严重变了形，但他说，他一定要拼出来，拿长居或绿卡。

朋友A是个美女，如果她回国，以她的经历、背景、学历，最起码也能当个高校外语老师，过上安逸的生活。

朋友B家境很好，长相智商都不错，但是他选择在某个毫无希望的国家找希望，在严酷的摧残中寻找坚强。

人各有志，我无权对其他人的追求做任何评价。

我有疑问的只是，到底什么才算价值，到底怎样才算证明自己？

出国就一定要留在那儿吗？没拿到绿卡或者回国就是失败吗？

如果用身体做资本去拿长居，对我来说也不十分难。那时我二十出头，是高校大学生，有前途，有工作，又会做中餐，不用男人养我，想跟我结婚的欧洲男人不会少。如果我这样拿了绿卡，我算是个熬出头的成功者吗？

那些看似风光的人，背后的沧桑或者肮脏外人未必知道。

假设我以出卖自己的方式拿长居，而非我有能力、工作卖力，那只能证明我豁得出去，仅此而已。

有些人坐享其成的东西，另一些人要为之拼得头破血流。

这里面，每一个人都有可能是“有些人”，也都可能是“另一些人”；每一件东西，都可以成为“坐享其成”的东西，也可以成为“为之拼得头破血流”的东西。

所以你在拼命的时候，有没有真正想过，你为之拼命的东西究竟值不值得，究竟是不是应该拼的，而衡量的标准，我想就是你在做这件事的时候是不是心里踏实，是不是感到满足和幸福，是不是看得到希望。

有个学妹C，身高178厘米，模特儿身材，长得也好。我们系规矩非常严格，学妹一定要本分，要尊敬学姐，不可以打扮得花枝招展。这个浓妆鬈发的姑娘，一来就相当惹眼，大家都等着看这个学妹会受到怎样的处分，结果姑娘把头发弄直了，染黑了，她知道这样就没人能找她的麻烦，但心里依然清高。学生会招生，她压根儿不屑，自己去外面参加各种选美比赛，这就是聪明。聪明在于她认得清自己，知道自己不是吃语言这碗饭的，也不起早贪黑跟大家抢饭吃。她往那儿一站，你就觉得，她就是个模特儿。她去参加选秀，一路杀到前三甲，因为是外国语学院出身，可以说两种外语，虽然不那么专业，但比起其他选秀女，有更多优势，机会也多。后来我在国外，常常看人人网上她更新的各种秀的照片，她的身材、气质非常适合走国际路线。我跟她说，你好好努力，好好发展，外国人会喜欢死你，你会特别火。猜姑娘怎么说，她说，我没有那么大的志向，我现在的小生活挺好的，没有压力，还能挣钱。

女人最重要的就是认得清自己，会做选择。现在她在外面走各种秀，回来就安心学习，跟姐妹一起吃喝玩乐，名利场上的事一点儿不参与，因为她知道这样稳扎稳打，前途就不会很坎坷。

有个朋友D，是个理想主义者，也是个有梦想的人，她的梦想就是做会计。从高中到大学她都很迷茫，但某一时刻她终于发现自己就是想做会计，于是她买了好多会计的书，准备考试。大学毕业后家里人给她安排在商场做办公室主任，按理说这是挺好的工作，但她很讨厌办公室里的尔虞我诈，讨厌那些阿谀奉承的势利小人。在那家商场做行政工作的一年，她整个人都快傻掉了，她年纪小，又单纯，商场的其他职员联合起来欺负她，而且越来越过分。她不想去上班，整天精神萎靡，不停地生病，脾气暴躁，内分泌失调，满脸痘痘，情况愈演愈烈，每天给我打两个电话，求我跟她说说话。我听她说话就知道，她已经得了严重的抑郁症。这也是许多理想主义者都碰到过的情况，当现实和理想太悬殊时，年轻人总会因为过度压抑而受不了。她想等待年底辞职，结果提前被降职，她打电话问我怎么办，声音都气得颤抖了，逻辑也很混乱。我说，你终于解脱了，你再不解脱我都被你折腾疯了。为了那几千块钱，你把自己给糟践傻了值不值，你要是觉得值，就继续做；不值，就走。然后她就辞职了，辞职一个星期后我去她那里住，发现她又容光焕发了，以前的精气神儿也回来了，但长期以来的压抑给她留下很多隐患，现在回家天天打吊针，养病养心，准备投入下一份工作里——下一份工作，终于是她想做的会计。

有个朋友E，初中跟我是前后桌，单亲家庭，美女，气质好，个子高，初二就不上学了，跟妈妈去广州，又漂到北京，认识了现在的老公。我们几年没联系，去年偶然联系上了，她说你来北京一定要告诉我，这么多年没见很想你呢，你来我家住。

我也不知道什么情况，不敢多问，就问她这些年过得怎样。她倒是在饱经风霜之后显得大气和坦然，说我儿子都快三岁了，能怎么样，孩子就是妈的一切呗。我们俩最后一次见面还是大年初二她走的时候，上次聊天她在北京、我在德国，隔着七个小时的时差，八千多公里的距离，两个几年没有任何消息、从小在一起玩儿的女孩都成了大姑娘。我们秉烛夜谈，她说，你行啊，怎么一个人跑到德国去了？唉，我就不能拼，我就依赖家庭，喜欢小生活。她说，我跟我老公在朋友聚会上认识，第一眼就互相看对眼了，然后越处越有意思，就琢磨着把婚结了，结了婚之后越过越有意思，就寻思着把孩子生了。她说，她喜欢孩子，也爱她老公。我看她空间的家庭照，她容光焕发，幸福全部写在脸上，掩都掩不住。

这也是个聪明姑娘。她知道她是谁，知道她追求的是什么，知道自己的优势在哪里，怎样走才最合适，所以她就拥有了她的幸福。虽然她没有文凭，但她是一个聪明漂亮又会做选择的女人，运气不会太差。对许多聪明漂亮的年轻女人来说，难的从来不是没有选择，而是不知如何选择。有的女人想要的太多，又要不来；有的要得来，又守不住。各人自有各人苦，各人自享各人福。我真心地祝福她。

我还有个朋友F，小学时坐我后面，如果你见过他小学的样子，一定会想到无趣这个词。他人是挺好，性格也好，不是富裕家庭出身，也不会穿衣打扮，小学时永远是趴在桌子上没有骨头的样子，永远拿着一支破铅笔画来画去，一点儿也不会讨女孩子欢心。

小学毕业后，我们就一直没联系，我连这个人都快忘了，再见到他的名字，是某一天看人人网上的分享，评论说是某某帅哥大神的画。我是奔着那画去的，翻了整个相册后为之倾倒，但一看名字，当时就傻了，以为是巧合，点进去看其他照片，都像是平面模特儿，非常帅气，但也看得出来，那就是我的小学同学。之后我问其他同学，他们都说，哦，他啊，逆了天了。

他从小喜欢画画，而且这么多年一直坚持下来，从来没离开过画笔，没做过与画画不相干的工作。他后来去了北京某美术学校，现在定期在北京开他的个人画展，已经成了许多女孩心里的男神。他的画，真的很棒。他让我知道，天赋+努力+勤奋+坚持，会打败一切。

我还有个人人网好友G，加我的时候说：小丫你好，你给了我很多力量，我是一个非常自卑，自卑到在人群里都要低着头的女孩。

我想说，谁不自卑？！

这个时代，不管你在什么岗位做着什么风光的事，永远有让你仰视的人，你就是再好，被再多人喜欢，也会被人骂，被人不喜欢。这本来就是个大家都需要宣泄而且谁也看不起谁的时代，所以人活着都需要有精神支柱，如果被那些不理解你的人骂是难堪并难以承受的事，那许多人根本活不下去，早自杀了。

再好的人也有自卑的时候，但你要是整天盯着自己的缺点，活在别人的眼光里，你就永远快乐不起来。

我要是把我那些糗事都说出去，女孩子听了都哇哇直哭，个个心疼得够呛。

我在国内是女汉子。很少有男孩子喜欢我，女孩子都有男生追，我只配帮男生追女生，只配跟男的做哥们儿，永远做绿叶，永远衬得其他女孩温婉可人。

没见到更多的人之前，我自卑得不行。有人追我，我都要跟人家讲清楚："你可想好了，千万别因为判断错误而喜欢上我，可不好退货啊。"我这就是生意人的想法，生怕人家买错货似的，生怕人家买错之后给我差评，说店主骗人没信誉。

后来有人说，是，我没看错，我就喜欢你这种类型，从小喜欢的就是你这种类型，跟你这种女人谈恋爱，我觉得才算真正活过。

我在学校时，因为性格太开朗，太自来熟，被人说招蜂引蝶，轻浮奔放，多数中国人不太喜欢我这种类型的女生，觉得不踏实、不稳重。出国后，我因为这性格而吃得很开，学东西也快，因为不知道害羞，外国男生都说，哇，你真是个迷人且令人过目不忘的女人，你真是聪明性感可爱，你的性格真好，不像很多中国女孩子，总是让人没法交往。外国人的表达方式很直白，那的确是真诚的赞美，没有其他意思。我一想，我没有变，从小就这样子，但是在不同的地方我受到的待遇就完全不一样，有的人很讨厌我，有的人就非常喜欢。这是我的错吗？当然不是啦，也不是环境的错，错在人没有跟身边的环境协调，俗话说，到什么山就得唱什么歌。不然，什么都适应不来，活得痛苦。

我喜欢那些能认清自己、敢坚持自己想坚持的东西并为之付出的人。

年轻人总是要证明自己，总想在"远方"做点儿辉煌的事，比如，认定了“坚持”，有了摧残要上，没有摧残制造摧残也要上。但有些坚持，从一开始就是错误的，你费了半天力气发现它原来一点儿都不值得坚持，你每每想起它都觉得后悔莫及，发现它只是年轻时的固执己见。

人活在正确的坚持里，就会感到踏实，会获得灵感、能量和活力。活在错误的坚持里，就会被外界耗尽精力，越活越没底气，越活越不开心，也没比别人少挨累，也没有比别人有更多的快乐。如果你有向错误的人去拼命证明自己的力气，何不用这力气去寻找正确的人呢?

当你因为自己本身的样子不需要美饰就被人真正喜欢时，你是开心和幸福的，你会活得无比踏实、充满底气，穷也穷得、丑也丑得，你会走出自卑，也开始去爱身边的一切。你变得自信又可爱，享受自己的生活，不求不靠，身边人也会更加接受和喜欢你，甚至敬佩和羡慕你。

我喜欢那些能活出滋味的人，不管在做什么，不管有多穷，一个能活出滋味的人，一眼就看得出来，也值得交往，他永远会给你正面的能量。此刻，有无数个婴孩在出生，无数对恋人在相爱，无数个像你一样的人在曲折中期待……只要这世界上还有那么一点点美好，有那么一点点值得人相信的东西，人就应该把自己往高兴了活。

我后来当然没有去卖身拿绿卡，那有多少不开心，多少痛苦、隐忍和纠葛，我知道。自己心里觉得不踏实的事情，当然是没法儿做的事情。

我后来半途而废回了国，被同情了好几个月。我说，陪陪家人也挺好的，养养花种种草，去去菜市场，回来做做饭真挺好的。朋友们说，你别自我安慰了，我们理解。我说，我有事情要做，做不做得成，什么时候做得成，还真不好说。我选了一条看起来非常不靠谱的路，一条文艺工作者的路。

人家问我，你为什么这样选择呢？我说，你看我站在这儿，我不就是为这条路而生的嘛！我不是选择，是兜兜转转之后的回归呀，之前活过的那些日子、承受的一切，不都是为它做准备吗，一直没有跑偏啊，现在我只是回来了。

我当然是开玩笑，其实是因为，做所有事我都懒、拖延，都觉得委屈、不值，只有做这些事时我不拖延、积极，恨不得把命都搭上。某一刻我突然发现，当人在做自己真正喜欢的事情时，他就所向披靡，手心里长了一颗痣，都认为是命运的福兆。所有的累他都觉得是积累，所有的努力他都认为值得，他一样要从白天奋斗到黑夜，没比别人轻松多少，甚至更累，但他无比踏实、无比开心，每做出一点点成绩，他都幸福得不得了，因为他看到了自己的价值，看到了因为这价值而燃起的一点点希望。在不适合自己的道路上，为了他人的期许而坚持着，不仅很难成功，而且最重要的是你很难真正快乐。出发是一种快乐，停下更需要勇气，敢于止步、及早回头，或许能找到一条更适合自己的路。

敢放弃，或许也是一种智慧。

绝不讨好

等了好几年的2012年世界末日，终于来了，一些人狂欢，一些人孤单，一些人冷眼旁观。一些人生怕凑不上这个千年热闹，忙里偷闲抬起一张饱经辐射的脸，像模像样地配合一句“都上船了啊，我还在写论文、加班”，更多人或平淡或戏谑或毫不经意的一句“世界末日了啊……”隐藏了不想说出口的“可我还是一个人……”

而我，在这样一个本该用任何姿态去度过的一天里，因为不知所措而对自己的懦弱产生了深深的鄙夷并难过起来。每天早上睁开眼，压力与阳光同在，这就是每个人的未来。

写作让我爱上了跑步、古典音乐和白开水，让我在不健康的作息下不得不尽力以最健康的方式生活。我在每一个黄昏和黎明，每一个街头和巷尾，一边跑一边注视着来往人群……每一个麻木表情的下面都有颗充满了倾诉欲望的心，这时代里的人，真是找得到任何一个借口来排遣自己压抑的生活。

经过一个又一个故事的我停下来，我没有那么幸运，没有一起等死或者回家吃饺子的人。“末日”带给我巨大的不安与失落，它总不得不让人想到那些不管你美与丑、害怕或高兴、骄傲或失落都无人同你分担与分享的日子，它让你停下来看自己时，竟感觉可笑。哪怕这是一个世界性的谎言，人们也能假装不去看、不去听、不去想，不在来去、对错、有无、你我、是非里挣扎，却逃脱不了“表现得无动于衷本身也是一种动情”。

人们热衷于谈论着末日，无非是想给自己平淡的生活中增添一些滋味，让漂泊的人回家，让思念的人去爱，让奔跑者停下来欣赏风景，让失落者找到一丝安慰，让生活在恐慌里的人在这一刻卸下防备，让内向的人有勇气承认：我需要爱。

世界太精明，精明到已容不下笨拙、弱小，容不下暴露出来的伤口，容不下一个人过分诚实。

你的内向成为人群的谈资，而人群却有着比内向更难言的孤独。痛苦没有使人变得宽容反而让人更加残酷，坚强没有让你更从容反而成了可以被伤害的理由。“痛到死去活来时，恨不得给自己一刀”，原来人会是这样难受，四肢无力，肌肉酸痛，心力衰竭。想到都世界末日了，难道还要怕被人说成是无病呻吟而伪装坚强吗？

这世界不需要聪明，需要爱心；不需要反讽，需要真诚。

曾经我活得飞扬跋扈，曾不顾别人的感受，因为自己受过更大的委屈和痛苦而对别人的难过不屑一顾，然而痛到某种程度后人竟能突然从心底迸发出对其他痛苦的同理心，这种同理心让我可以长驱直入你的困境，在那里牵着你的手拉着你出来。怪不得人说，我们所承受的一切是为了有一天可以更好地安慰他人。呵，即使承受了足够多的痛苦以后仍然没有得到应有的报偿，如果可以理解并安慰别人，的确也是一种莫大的安慰。

曾经十分讨好地把自己打扮成别人喜欢的样子，按别人喜欢的样子去活，得到了一些立竿见影的喜爱。但奔跑了二十二年，我终于抛弃了一切能抛弃的，只带了我自己来。神问为什么，我答因为我就是我的一切，因为我按照自然的指示来生长，并找到这里，而当一个人走在那条属于他自己的路上时，他才是所向披靡的。也就是此刻，我如此需要你。我未来的你，我在山谷呼唤你，并非让你将我拉起，只想让你看着我是如何走出谷底。我未来的你，不管你在哪里，若你所为皆非你欢喜，那看似完美的一切也并非真的你。

生命里有些最重要的时光，我想你和我一起走过，并非我畏惧孤单，疼痛已经过去了，那些我不想让别人跟我一起承受的疼痛已经过去了，我只怕未来，可以喘息回忆时，回首那些由无数昏天黑地换来的片刻轻松，回首那些由刻苦努力换来的从容淡定，回首最踏实的时光、最踏实的我时，不希望在这么重要的回忆里你却缺席。

如果你和我分别缺席彼此最重要的几年，如果相遇时我已经淡定轻松美丽，你已经成熟磊落从容。那丝毫不会动情。那只会告诉我，最美的时光已经过去。最踏实的你与我、最痛苦的你与我已经过去，如果你没看到站在你面前的今天的我是怎样从无数个昨天艰难地走来，也没有陪我一起从那些由梦想、激情、忽明忽暗涕泪交加的日子里走过，那么当你穿着崭新的皮鞋踏过那些我血肉模糊爬着走过的路时，路的尽头，摆好了姿态等着你的我，美丽已经没有了一点儿意思。我要你现在就走过来，带着你的过去和现在，带着你的衣衫褴褛和满身伤痕，走向我，走进我的心里怀里和身体里，和我在一起，每一个现在都是未来，每一个未来都是当下。

对此，我将持续等待。

以梦为马，为伴，为师。它带我来到这里，它告诉我，未知的不必找，已去的不必追。看着脚下，你自有前方。有梦已是奢侈，除此以外，我不敢拥有更多。

当一个人开始和梦相依为命时，每天能靠近它一点点，就已是对生命的莫大告慰。我时而想找人聊聊天，想让谁用轻松的话题来缓解一下我紧张得抽了筋的神经，然而又每每要打消这念头，因为我需要别人的时候并不一定是别人需要我的时候，别人需要我时，我才敢趁机放松一下神经。

日子很苦，苦到让人想对妖魔鬼怪低头。“世界末日”让我想明白两件事：第一，我随时会死掉；第二，生命如果与梦分开，于我便不再有任何意义。放弃梦想的那一刻，我才真的没救了。

由此，它跟我签了一个双方协议，无论贫穷或富有，疾病或健康，双方均不得离弃。一张白纸，上面只有四个字：绝不讨好。

男孩的爱

我那个于1993年生的表弟一晃已长到了一米八，又恰好有着被同龄女孩子爱慕的一切。

他缩在我吃饭桌子的对面，一副难过的样子让我大倒胃口，因为他居然可以一边难过得像条狗，一边在手机上回复几个女孩子的示好。

“你俩什么时候分的手啊？”我问他。

“前段时间。”

“前段时间是哪段时间？”

“10月30日，那天是星期一，我记得。”

“哦，那你现在还难受不难受啊？”

“现在好了，开始几天有点儿难受。”

“哦。”

我要是看不出来自己的表弟是否难过，那就白混那么多年了。他的难受，是真正失去一个连他自己都不知道有多爱的人那样的难受，我即使不看他，那种情绪也会传染给我。他拼命逞强，拼命解释他也没怎么爱过她；拼命用身边各种女孩来过渡，说这些女孩怎样不争气，哪里都不好，又开始自顾自地跟她道歉，说是怎样伤害了人家，人家最近又是怎样立刻找了新男友。他在我吃饭的这会儿功夫，唠叨个没完。

某次家庭聚会，我和一群从小玩儿到大、多年没见，如今都长成小男子汉的表弟聊天。不管他们开始时聊什么，最后总要拐弯抹角地扯到女孩身上去，再轻描淡写地说一两句自己喜欢的女孩的样子。

如果你想知道男孩喜欢什么样的女孩，一定不能问他，并不是他会欺骗你，而是他总以为他自己是知道的。

不成熟的男孩喜欢的都是大受追捧的女孩，是别人定义出来的他应该去喜欢的女孩。比如班花、校花那种瞩目的女孩。

男人的童年和成长经历会在某种程度上影响他喜欢的女孩类型。比如，某一天他看到某个女孩的某个小习惯或动作跟他的妈妈、姐姐或爱慕过的某个异性惊人地相似，就有可能会喜欢上这个女孩，会认为这样的女孩才是他应该娶的，才应该成为他的家人。

他在这样的女孩身上可以找到安全感和亲切感。他喜欢和她生活在一起，因为最真实的她可以给他带来家一样的归属感。

我的表弟深深喜欢的这个女孩，并不十分好看。他们刚在一起的时候他跟我这样形容：我也不知道为什么喜欢她，只是跟她在一起我特舒服，那个感觉特好。说这话的时候，我正跟他歪在床上聊天、看电视，不时还跟他抱怨些我的不如意。后来我在想，大概那个女孩给他的感觉就像我们当时的相处方式一样，所以我表弟觉得舒服和亲切。

我第一次见这姑娘是她被表弟带来我家吃饭，姑娘浑身上下都透着懂事和周到。而当时她的低调和服帖我并不认可，想来也许是我带着主观的偏见，因为当时不免带着观望、审视甚至敌意的态度，好像来的是个爱的侵略者，是个敌人。

然而后来我也想明白，一个陌生女人来我家却没引起我的过多注意，唯一的原因就是，她让我觉得舒适。比如你们家的狗趴在客厅睡觉，你从它身后走过去，它大概懒得理你，或者稍微示意表示它知道你的存在，但一个陌生人以同样的方式走过去，它就会竖起耳朵或者转过身机警地面对了。

下意识的选择往往是准确的，而所谓的理性通常在误导着你。

同龄的女孩会比男孩成熟太多，这个姑娘一直对表弟包容的原因并不是她找不到更好的，而是她太清楚她爱的这个男孩再也找不到比她更合适的，她选择了宁可自己委屈和懂事一点儿，也不想看几年后她被各种她不爱的男人众星捧月，而她爱过的男孩痛苦得像条狗。

敢在爱面前低头的才是强者。表弟自顾自地讲：“她学习很好的，头脑很聪明，特爱玩，人很好，性格很开朗，爱说爱笑的，但是心里有很多别人看不见的东西，她脆弱的那一面只有我看得到，她在那里笑的时候，只有我知道她什么时候是在掩饰。”

这就是为什么我会对她有亲切感，并且我弟弟会跟她一起相处几年也说不清哪里喜欢她，只用“舒服”来形容。

但那个姑娘后来迅速答应了另一个追她很久的男孩，以此来证明自己是有很多人爱的，并不是像表弟以为的那么一无是处，以此来让他觉得后悔没有珍惜她这么好的人，以此来折磨自己并在心里不停地呐喊你为什么能够这么无动于衷，为什么不把我抢回去说一句做回你的女朋友，这样我立刻就跟他分手啊！

人们很善于在爱面前做一切想要证明对方有多爱自己的疯狂举动，同时忘记了这种举动多么伤害自己爱的那个人。理解这种举动，便能顺藤摸瓜地把她找回来。但我表弟偏偏也答应了一个追他很久的女孩，即使那女孩发的短信味同嚼蜡。

所以这一次我真的要叹息了，年轻时感情的奇怪之处在于，如果不是很爱对方，是不容易分手的，越爱，越不容易挽回。两个人都觉得谁先认输谁吃亏——他把我的心给掏空了，他不真诚地掏出他的心还要我低声下气地去求他，人可以没有爱但没有自尊是不行的！

年轻时的爱，是因为太爱了而失去爱。爱得失了分寸，察觉到没了自己，便恨不得要拥有她过去现在未来的全部，越不轻易爱的男人一旦爱起来就越没有安全感。一旦有一点儿不能满足，就将爱全部收回，还通过“满不在乎”的掩饰，来证明自己是多么勇敢和明智。

通过让别人痛苦来让自己心理平衡，看起来真不新鲜。我见得别人痛苦，见不得人在痛苦面前逞强。痛苦来时，你就坦然痛苦，别在它面前要手段并以此欺骗自己，这没准儿会让你遭受更大的痛苦，以便让你知道人该对自己诚实。

男孩不遭遇真正的挫折不会变成真正的男人，他执意要跳火坑的时候你看看那个坑会不会把他摔死，不会就一脚给他踹下去，他知道疼了要爬上来你再把他拉出来，然后他就一瘸一拐地知道怎么往前走了。

不知道自己需要什么的男人，年纪再大也算不得成熟。你看看他身边的女人，看他们两个怎样相处，就能分辨那是他自己选择的女人，还是他按别人眼光选择的女人。当一个男人可以明智地选择女人时，就可能明智地选择一切，因为他能看到更为本质的东西，他是自己人生的主导者。

于是，早已学乖

常于公共场合见各色伶俐泼辣女子对其身边男友颐指气使、吆来喝去，年轻貌美，气度非凡，颇具女王风范，令一众女子啧啧称奇，瞧瞧人家那御夫术，瞧瞧，男人多么爱她。

常见身边各色新入职场的美艳娇娃一指拈花，轻启朱唇，哦，工作呀，还好吧，坐班是蛮无聊，好在男同事和男上司对我还算照顾。态度之雍容，似人生赢家。

啧啧，哪怕视野并不十分狭窄，有此待遇也足够女孩子艳羡称叹，纷纷效仿或点赞："真羡慕！真向往！真幸福……"

朋友中有与我同龄但早早辍学下海经商的男人，男欢女爱，金钱道义，早早便摸清。有次闲聊，说有个合作本来已经很有戏，谁知半路突然杀出个女人跟他抢，作风狠辣，居然会打电话跟他哭，博同情、装可怜，说自己也要养家糊口，又说一个女生多么不易。

天下有多少女人敢在商业的圈子里插一脚，想必一定头脑精明，做事果决。朋友说："她连身体都能拿出来用，我们都在商量，趁这女的上位之前得赶紧让她出局，否则全乱了！战场上不分男女，也没有老幼。"

后来，我常常装模作样跟人讲这种话就是跟他学的。

当认识越多的人，我就变得越乖。本来就从不指望男生来替我扛行李搬家具，不指望男生接送保护，不指望男人对我手下留情心生怜意，往往在公共场合行走，一旦遇到撞了我的男人却说了声"对不起"，遇到男人主动为我开门、让我先行，我都感激不尽。

在工作场合，男士若对我谦让包容一点儿，我都感恩戴德，铭记于心，因为实在清楚，人家大可不必这样，血雨腥风的江湖中，不欺负你，已是对你仁慈。

偶尔也控制不住脾气，无缘无故发泄一通，清醒过后立刻致电过去，紧张害怕，吞吞吐吐，只等人家好声好气地回一句："好啦，没什么啦，女生嘛！"立刻开始笑嘻嘻，不敢多耽误人家一秒钟。

但，也时常遇女友抱怨男友敬酒不吃，对伊的万般体贴全当驴肝处置，还常嫌不够懂事、讲理、贴心，我也常没好气地说上一句："哎呀，你这么懂事是不行的啦！"

要知道，男人若是不够爱你，你万般懂事也是没用的，男人绝不会只因一个女人懂事而对其动心，在他不爱你时，懂事只算本分，实在算不得什么能耐和优点。

因此，你无可奈何也没有办法，总不能立一条法律说不对女人好的男人都要坐牢吧！

人心叵测，好处并不易得。

所以，人家越是宠你爱你，行事越要小心。

有资格恃宠而骄的人，都活得十分谦虚，因为早已懂得生于忧患，早已懂得越受宠则责任越大，踏实本分尽职尽责实属本分，不信就想想那句，爱你时你说什么是什么，不爱你时你说说你是什么。

被爱的人哪，个个有恃无恐，最怕一次大意疏忽，不好好走路，一跤跌进泥里，头都抬不起来。

于是，早已学乖。

PART V

他待你很好，有时只是不想让自己看起来太浑蛋

离开了你的男人，他未必不爱你，宽心一些，你也可以这样想，你是他最爱的一个女人，可惜他除了女人之外，还有其他的世界，有他的苦衷。等不等他，是你的事，凭你心意，但你要怎么等？让自己灰头土脸地等，还是发着光地等？

女人该有自己的格局

诸多女性频道都堪称奇葩，无论是低端如N招让你的老公回家吃饭、N招让你的男人欲罢不能，还是貌似中端如男人只爱坏女人、数到十再接他电话，或者貌似高端如每星期要有几天不理他去种花喝茶做美容SPA，归根结底总是离不开“女人这一辈子，想的是男人，怨的是男人，念的也是男人”。

将女人的格局，都定在男人身上。

有人说现在的女性可不一样，如今的女人，素手十八般武艺，曲艺杂谈说学逗唱自不必讲；入得厨房，出得厅堂，上得大床也不必说；勤奋上进，出国留学，增长见识，一方面加强精神文明建设，另一方面又不忘外在进修；节食减肥整容丰胸，事业家庭两手抓，还要美容和插花。听起来好生厉害。还有后话，再听，哦……“这样男人才喜欢，这样才能嫁给好男人”。

愚以为跟上面的没有本质区别。

我要是个男人，真真会为此感动。

可作为女人，应当说一句，嫁得好当然幸福，但嫁得不好，或者不嫁，也不能说差。

女人该有自己的格局，或说一方天地，这天地可大可小，可为一叶菩提，可为一粒尘埃。只要你乐意，只要你开心，只要你清清楚楚明明白白，这就是你的一个小世界，你是这小世界里的上帝，男人是这小世界里的一个部分，或外来者。

插花也好，茶艺也好，修身也好，学习也好，只有当男人不再作为目标，不再作为衡量一个女人是否成功的标准，只有女人真正学会取悦自己，才能获得真正的幸福。

如此，才可一个人也自得，两个人也幸福，你的格局是你自己定的，男人便是锦上添花的。他的到来应该让你快乐，他的离开应当得到一句得体的祝福，而非要死要活，哭得天地也没有了。

女人的心智，用在家庭里也好，用在事业上也罢，都应得到尊重。

将格局定在一个男人身上，他的爱也是痛，恨也是痛，他的讨好让你不安，他的漠视让你心碎，他怎样你都觉不够爱，都没有安全感，这才是从古至今，从中华至海外，全体女人会痛苦的根源。

根源不懂得，再去读什么女性杂志，咨询什么情感专家，穿上怎样性感的围裙给他做西餐也没用，该甩你还是甩你，该你痛苦还是你痛苦。

说男女是两个星球的生物，这话着实不错。既是两星人，何必要如此纠缠？何必怨恨对方的不能理解？互相体谅一下，求大同存小异，定个契约，和平相处，就很好了。

全职太太和家庭主妇是有本质区别的，区别就是前者有其坚实的格局，明确知道自己拥有的是哪方天地，明确知道自己如何能够快乐，理直气壮花男人的钱，被老公养，因为她知道自己的能力和贡献，她让老公开心，让家庭有序和睦，让自己的孩子茁壮成长，这就是对家庭的贡献，这是一种家庭的契约，所以她行得从容坦荡，活得鲜活快乐，比许多职场女人拥有更健康的心态。

由此可见，水平有限的，不是那些嫁得不好，或者没有嫁人的女人，而是那些嫁得不好反而嘲笑或同情单身女人的女人。

为什么要急着嫁人？为什么要那么拼命地去讨男人的喜欢？

知道自己是谁，要什么，这样的女人才值得祝福。

随波逐流者，还是不要自取其辱地去嘲笑他人。不被笑话，已是他人大度。

他待你很好，有时只是不想让自己看起来太浑蛋

男人是跟女人不一样的物种，女人不可以用女人的感情观去看待男人。许多情感专栏作家常做这种事，都是哄女人的，男人看了其实都笑话死了。

如果你非得用女人的眼睛去看男人，那么好，用妈妈、妹妹、姐姐、同学、同事、前女友、情人兼女朋友、太太、女儿的眼睛去看他，这样你才能看得全面，才不会很纠结。可是有女人肯这样去看男人吗？极少，也极难，所以，还不如直接一步到位地用男人的眼睛去看他。只有男人才知道男人是怎么回事。

昨晚有一位海外留学的失恋朋友，伤心欲绝地问我，他既然要和我分手，为什么还对我那么好？他还会回来吗？

她是美女，由于键盘故障，只能打英文，措辞优雅，为人聪明，情商不低，可是，即使这样的女人，也是要爱的；爱了，也是要受伤的；受了伤，也难过得没日没夜的，会痛苦地纠结，对我倾诉："我知道你笑话我，我知道我是最差劲的那种女人，但我真的……"态度几近恳求。

我知道，其实女人来问你感情问题时，她并不想知道什么答案，这世界，谁也不笨，道理，谁都多少明白一些，她来跟你说，只是想找一个体己的人，求个短时间的共情和理解。我也是女人，她什么痛苦，我自然知道，感谢她对我的信任。

海外美女说，她很依赖这个男朋友，觉得他像父亲，像兄长。

我想，十有八九，女孩从小跟父亲的关系就不太密切，所以她才迷恋这种缺失的感觉，所以即便她是个很有能力独当一面的女孩，在恋爱关系里，她仍然想做个小女孩，想完全地去依赖对方，渴望对方兄长一样的指引、教导、呵护。

她是个典型土象星座的女孩，土象星座人的特点就是，无论看起来如何浮夸绚丽，他们骨子里都向往着传统和稳定。稳定能够给他们带来安全感。她的男友同样如此，所以，在她想要试着用其他男生来让其嫉妒以引起他的重视时，结果就适得其反了。

用其他男人来引发男朋友的嫉妒，这其实是在挑战男人的底线，女生千万不要做这样的事。做了，也不要做得太刻意。用男人的眼睛去看，就有可能被理解为，你不想跟他好了。

他在爱你、追求你的时候，就已经知道你很好了，不需要通过其他男人来表现你的什么魅力。

男人和女人不一样。

女人，是只有非常爱一个男人的时候，才会去关心他，日夜想着他，而且会留意非常琐碎的事，比如惦记他的温饱、冷热，惦记他出门有没有忘带手机，过马路要记得看红灯，晚上少熬夜，早上记得吃早饭……女人一旦爱上一个人，就会变成一个唠叨的老妈子。

可是抱歉，男人不以为那是深爱，反而会觉得有点儿烦，会觉得成了负担，除非你的关心恰到好处，有分寸感。

男人爱一个女人的时候是什么样的表现呢?

他们的方式固然有许多种，但也拥有自己的社会属性。所以，不可能时时刻刻只关注你，更多的时候，体现的是对你的责任心。因此，即使他分手后还对你那么好，也许只是在顾及你的感受。

男人的格局很广，包括事业、朋友、家庭等等，女人只是其中的一个部分，可大可小。

女人的格局，当然也包括以上元素，不一样的是，女人开阔自己，多是为了找到一个好男人。

这就是男女的差别之一。所以，女人，把格局放大一些，眼光放远一些，不要以为一个男人不爱你，你就是那个失败的、见不得人的、不值得人爱的女人了。如果一千个男人都说你不好，你就不要把这一千个男人放在眼里，不要纠结在他们中间，去看那些喜欢你的男人就好了。人生何其短，把真情留给最后那个人，不要辜负他。

一个男人离开你，他便是过去时，要知道世界上终有一个男人在某处等着你，等着找到你跟你过日子，等着当你孩子的爸爸，他才值得你给他一切，才值得你犯傻。

离开了你的男人，他未必不爱你，宽心一些，你也可以这样想，你是他最爱的一个女人，可惜他除了女人之外，还有其他的世界，有他的苦衷。等不等他，是你的事，凭你心意，但你要怎么等？让自己灰头土脸地等，还是发着光地等？

他未必会来，但有人一定会来。

最怕你既不够爱他，又不够爱自己

二十岁出头的姑娘，是世界上最纠结的一种动物。

全世界都这样告诉她们，你们现在是八九点钟的太阳，拥有女人最黄金的时刻，经历着人生最美丽的一段路途，诸如此类，把二十岁说上天了，让二十岁的姑娘蠢蠢欲动，恨不得觉得只要往前踏一步，全世界都是她的了。

可惜啊，多数的她们，发现自己并不像童年时代畅想得那么美，身材一般，长得一般，千辛万苦考上的大学，也就那么回事。世界变得跟小时候憧憬得不一样，没那么多人宠着让着，根本没有王子，也没有大奔宝马浑身亮闪闪的名牌姐妹们的聚会聊天，住不上别墅大房子，能白天快快乐乐去上班晚上回家做饭遛宠物。

总觉得自己最特别，跟别人应是不同的，可这种特别呢，当明星肯定不够，在普通生活里又太特殊，没钱没势，对未来既有渴望又有畏惧。

她们上淘宝，看韩剧，报各种班，考双学位，总是纠结于自己到底要做个干得好的女人还是嫁得好的女人，当然要许多年后，她们才会知道当时真是想太多了。

即将面临大学毕业，就业形势严峻，工作没落实，是考研、出国，还是进机关当个公务员呢？另外，在学校里还处着个不咸不淡的男朋友，每个决定似乎都面临着纠结。

想出国追求梦想，又怕丢了现有的爱情；留在爱情这边，又怕漫漫人生路上心有不甘，怕贫贱夫妻百事哀。

你问她们，那你们究竟要什么？她们说，我们要幸福。

这可不得了，这抽象程度不亚于张小娴那句："女人要很多很多爱和很多很多安全感。"

没问题，问题是，什么才是你眼里的爱、幸福和安全感？

面对选择时你犹豫和纠结，是因为你根本不知道什么是你眼里的爱、幸福和安全感。

安全感，在我眼里就是拥有自立的资格。

幸福，就是有一天我能看到印着我名字和照片的书能到处发行，能被译成许多国家的文字，我希望有那么一天我可以用英文和德文写作，然后把书卖到欧洲去。如果我能做出一部我想要的电视剧，能在电影院里看到自己编的电影，写许多首好玩儿好听的歌，设计的衣服以我名字为品牌，这就是我莫大的幸福。

爱，在我看来，是可以在一栋宽敞的大房子里养养花草宠物，悠闲地喝茶看书，有个不是那么烦的男人和一些要好的姐妹。

以上就是我要的幸福、爱和安全感，我很清楚我是一定要从自己的人生价值上来获得幸福的人。那么我做一切事情、一切选择、一切努力，都是为了这些。

或许我一辈子也未必得逞，但可以说，每分每秒都懂得，我是在为这些事情而一点点努力积累，并目标清晰，我已经很开心了。

或许在这途中，有无数人说这个女孩野心很大，物质欲很强，可是有什么关系？你不喜欢我，我喜欢我自己就好了，你说我野心大，我觉得这样幸福开心就好了。

有些人说，追求这么多，未必幸福，我要问，你没追求，你就一定幸福吗？

有些人问，我们女人，真的是越努力让自己越优秀就真的能遇到那个最适合我们最爱我们的人吗？

我想说，不是的。不是你越努力越优秀你就会遇到越好的爱情和男人，但是，你不努力不优秀你以为你就能遇到更好的爱情和男人吗？你以为你不幸福是因为你年轻时太拼命了吗？！

如果说一个女人因为强势而没人爱，那你以为她不强势爱她的人就多了吗?

说你太好了，没有男人配得上你，没有男人敢追你，所以你单身，这是骗人的！这句话说得好像你不好了就有一堆男人来追你似的!

归根结底，你不用受太多外界的影响，也没必要把追求人生价值和追求爱情看成对立，好像追求其中一个就要放弃另一个。

倘若你真的为了某个心爱的男人而放弃了自己的其他追求，你以为他会因此感激你？因此更加珍惜你？在爱别人的时候，也千万别孤注一掷，千万别委屈了自己。因为最怕的是，你既不够爱他，又不够爱你自己。最后，你变成怨妇、弃妇，一边上班累得臭死骂自己老公没能耐，一边又悔不当初为什么要放弃自己的追求和梦想。毕竟一辈子说长不长，一转眼就那么过去了，但每天要是都烦着过，一辈子也确实很长。

百步之内，必有芳草

和失恋比，分手实际上是个相当公平的词，它至少意味着双方都经过协商，而失恋很可能是你根本就没参与到这个事件当中，还不知道咋回事呢，吃着火锅唱着歌，一上人人网，咦，被单身了。

有些女人本身条件不错，聪明漂亮有能力有钱，可一陷入爱情就总是忘记自己，不懂矜持，咄咄逼人，过分投入。她们赤着一颗心过去，妄想带着两颗心回来，以为自己不能免俗，以为自己是男人最后的那一个女人。

她们不指望从爱情和男人身上得到任何东西，不在乎一纸婚书或某种形式，爱了，就早早在心里自作主张、打定主意、天涯海角、嫁鸡随鸡、嫁狗随狗了，将他的命运健康跟自己的未来做了捆绑，希望他幸福开心，帮他做事，替他分忧，给他介绍资源人脉，直到那个人运势来了要大展宏图施展拳脚开始嫌弃她碍手碍脚或其他的什么了，她才突然意识到自己是多么傻，成了自己曾经最不想成为的那种女人了。

恋爱中的女人最大的悲剧莫过于在该动脑子的时候动了真心，而对方恰恰因为一切来得太容易而不愿意对来得全不费工夫的真心有一点儿珍惜。

男女分手，不动心的女人倒是很可以审时度势虚与委蛇，动了心的女人反而会一气之下狠心离去。像近日失恋的我的一些女友，念念不忘的是她们，可当初抬脚就走的也是她们。因为她们的心，早在某一刻就被伤得体无完肤，她们的手脚口鼻眼睛耳朵都走得利索，可心偏就不听使唤，总时不时留恋徘徊回头去看。

失恋的女人都带着两颗心活着，一颗心流泪，一颗心宽容。

可还有那样一些女人，你要她们拿出在职场时的样子，在爱情里动脑筋、耍手段、步步为营，想必她们自己也要笑着问自己，我要这样的爱情做什么？

是啊，如果她们可以自己养活自己，又要斤斤计较的爱情做什么。

很多天真早已在成长的过程中逐渐被生活磨灭，是处变不惊的老练将其取而代之，工作中情绪已经很少波动，七情六欲早都学会适时掩藏，什么时候我们还能因一点儿小事而大动肝火，还肯为一个人、为一段情、为一件事而袒露心迹，还想跟人分享一些快乐，还想找人去诉说，还有些向往和遗憾，还要为一部电影争执，为一句台词流泪，这真不知是好事还是坏事。

其实，真情恰好可以适当调节生活中的倦意，太老练，会平白失去许多做人的乐趣。

既已活得如此规矩或说麻木，那生活里的意思，不就是在感情上糊涂迷醉的那么一两次吗?

那就去爱吧。

如果彼此可以理解，那好不容易有点儿恩爱就去晒吧!

晒恩爱，死得快?

笑话，你以为一声不响就能白头到老吗?

你们只是相爱又不是杀人放火，有什么见不得人的!

男人一点儿也不知道，女人晒恩爱，正是对世界的一种无声的宣告——我的身心早已有所属，别人可以不必来打扰了!

如果为虚荣，开什么玩笑?跟你谈恋爱能满足什么虚荣心?你是威廉王子还是你家上了福布斯排行榜?一点儿恩爱有什么好令人羡慕的，可以晒的东西还不少，好吗?!

她晒恩爱，正是因为她铁了心要跟你过下去，她要你知道她高兴跟你在一起，否则一个并不笨拙的女人为什么要白白扔掉备胎，断自己后路，昭告天下我要嫁给这个人呢?

都已经老大不小了，没人想在恋爱问题上胡闹，更不必花时间付出自己的真心。

活了许多年，那颗心也没少被人辜负过吧……

生活不是一条狗，它并不跟着你往预想的方向去奔跑。

恋爱，工作，白头到老，在努力之外，很多时候的确要靠那么点儿运气，有时我们恰好走到运势最低处，无缘无故失去恋人，无缘无故被上司骂，无缘无故招来各种小人，没什么，不是所有努力都一定会得到好结果，不必自责，不必恐慌，不要急于承认是你的错，也许只是当下运势不大好而已，风雨过后，你还是你。

跳出来，去接受，去承担，或者干脆在家睡大觉。人生的得与失反正不会太多也不会太少。

所以，没什么丢脸，该享受享受，该提防提防，该收敛收敛，勇敢的人不惧怕流眼泪，懦弱的人才要逞强，怕一哭就一蹶不振。

经济与精神独立的女人有资格大方选择，大方去爱，大方享受，大方哭笑。挥霍自有挥霍的满足和资格，我们活着，不是为旁观者。

被分手，被拒绝，被遗忘，被怨怼，成熟的人多少年来早已学会不再问为什么，凭什么。对于人情冷暖，何必问那么多，非逼得人家说一句“因为你不够好，因为有更好的”。

现在活得好，就是对过去一切的最好报答。

否则，难道真要废了自己一身武功，娇滴滴地等男人来说：“我保护你？”先问问他自己是不是泥菩萨，会不会在一个时代的洪流前多少也心有余而力不足。

并非人情凉薄，只是无可奈何。

失去过的人更知道自己要什么。

分过手的人更珍惜自己的爱情。

有人说，这个时代的女人太爱惜自己了。

是，正因为爱已经太难得，生活已经太不易，我们才要学会努力爱自己，我们不但爱惜自己，我们犯了错还自己承担，受了伤还自己扛着，选择的路自己跪着也走下去了，我们早已冷暖自知，后果也可以完全自负，不需要解释，不需要谁来支持。跟生活交过手，幸福是拼来得来的，不是谁施舍来的，有资格笑，也有资格哭。

足够努力让人心里有底气，虽然活得不一定比很多人好，但至少可以在风浪面前保持优雅和幽默。

经过多少事，早就明白，要乐观生活，早就懂得，得到的才是最好的。

所以，单身的人，你们总是要再去爱的，相爱的人，请你们好自为之。

如果真爱眼前的人，一定要好好珍惜，不要因为爱情来得没有道理就以为它廉价到触手可及，如果是真爱，就不要轻易做出那种放弃他然后又在长久的人生里怀念他的蠢事！

人并不知道哪一次说再见，就是最后一次见面，所以即使说分手，如果可以，还是姿态好看一点儿，因为那很可能是你这辈子最后一次被他看见的样子。

好好爱自己，好好生活，是对过去、对身边一切人事的最好报答。

要相信，百步之内，必有芳草。

“失恋了还有脸皮这么高兴地活着？”

不然呢，自杀以谢世？

爱你的男人，他其实什么都清楚

女友A，少时离家，历经人情世故，一双无辜大眼，是个万人迷。

女人喜欢她、依赖她，因她总是在关键时刻鼓励你，危急时刻帮助你，在你失恋时破口大骂你的前男友："那个王八蛋我早就看他配不上你了，恭喜你，来，我手头上有新的介绍给你。"女人因此觉得她豪爽大气。

男人喜欢她，怜惜她，因她聪明性感，古灵精怪，虽不是省油的灯，也不是坏女人，让人看了馋，想吃又咽不下去，宁愿搁嘴里嚼着，嚼不动也要含着。

A喜欢与聪明成熟的男人交往，说喜欢从他们身上学到东西，说这样的男人才有味道，才能势均力敌。如果一个男人身上没有什么她能得到的，她说，他一定不如她。

她现实、有能力、目标明确，可浑身上下洋溢着文艺女青年的气息。B、C、D先生都在不同程度上喜欢她，她有时喜欢B，有时喜欢C，有时喜欢D，可她居然说，若行走世间，真要说她有什么底线，那就是不玩弄别人和自己的感情。这让人有点儿难懂。

多年来，她一直和各种男人保持着比友谊多比爱情少的暧昧男女关系，因为她觉得还没有找到一个让她真正放心与之确立恋爱关系的人。

男人在她的生活里，来来去去，有的人像一段桥，有的人像一段路，有的人像天边飘过的一朵浮云。她没有内疚，反正谁也不比谁好多少，无非都是在一个冰冷的世界里做彼此一个短暂的陪伴。

但也有人，一直陪在身边。

几个回合下来，她对这个身边的人，竟有了些许真情，可她认为那情分最多是回报他不离不弃的义气。

她怕承诺，自知自己的人生有太多不确定，不想让一个真正有情义的男人等一个下不定决心的她。做女人，她可以这样，做人，她不能。

有天那个男人说，等你有时间，身体好一些，我们去旅行吧，你说过我们可以一起去那儿的吧。

她一个冷战，这种客套话，大概他对任何一个人都讲过吧！她赶紧小心地问他，我没有承诺过什么吧？她怕自己一时兴起开了什么空头支票。

男人很聪明，立刻明白她的意思，说没有没有，你没承诺过什么，是我自己想我们一起去旅行，我可以等你想去的时候……

A松了口气。其实她是说过，只是自己记不太清楚了，她想最好他也不要记得，想到这儿，她开门见山："不要等我，你要知道我是个随时都可以去跟一个一见钟情的人结婚的人，我不想你在我获得幸福后觉得不被尊重或被耍，我们谁也不要有负担和期望。"她态度坚决。

他很爱她，为了能够爱她而努力打拼，爱到怕自己的爱给她带来影响，他觉得能去爱她已是种恩赐，如果不能，那么在离她最近的地方看着她盛开也好。她累了，受伤，他就守护她，除非这个世界上有对她更好的人出现，他才肯罢休。

可他还是依着她，他怕吓跑了她，两个人说好了不给对方承诺。

她兴起，提起她的另一个"朋友"，刚说一句，他说他知道。她愣住，你怎么知道？他问，我怎么不知道。

她也不笨，恍然大悟，她做事这样不遮掩，一个喜欢她的男人，怎么可能不知道她的每一件新鲜事，怎么可能忽略她每一秒的心情，怎么可能不敏感地察觉到她的其他男性朋友呢？

可是他从来不问她，不管她今天又在怀念哪一个，又遇见了什么新的人，他从来不问，他会刻意将话题绕到别处，嘻嘻哈哈，好像全世界都不存在，什么都没有发生。

她原以为，男人不问，必定就是不知道，知道也不问，必定就是不在乎。越这样她玩得越肆意，越肆意男人越沉默。

所以她去问另一个男人，你的女人在外面有其他男性朋友，你是不是都清清楚楚？

男人说，如果我不是很笨的话，肯定清楚。

“那你为什么都不问？”

“男人不会像女人那样情绪化，他们会考虑很多东西，情商够高的话，能用装糊涂来保持感情稳定，不会造成女生反感，以便在进一步交往上，不会显得被动……

聪明男人不会和女人闹，因为他有底气，所以对威胁不到自己感情的小插曲，都没有较真的必要。

那一刻，她发现了男人身上可爱的地方——其实，男人什么都知道，他们只是不说。

爱你的男人，他们不说，不是他们无能，而是想要用一种更好的方式来保护你。

A在给我讲这个故事时，说她跟那个非常包容她的男人没有在一起，后来到动情处，她给他打了个电话，我听到她说：“谢谢你在我身边，谢谢你的包容，谢谢你这样爱我。”

我简直要哭了，在不在一起，已经不重要了，就算未必能和他在一起，也不妨碍你爱他或者他爱你。爱这个东西，谁也讲不明白它，或许它原本就不需要那么明白透彻，或许，它也不需要一种形式上的确认。重要的是，无论这个世界怎样变化，无论我们怎样变化，有那么一个人出现，有那么个时候，他让你发现，原来我们仍然能够感受到爱，并且能勇敢地追寻和信任它。

行走世间，我们披着刀枪不入的外衣，装着世故老成、玩世不恭，可那个人一出现，还是能捣入你心里最柔软的部分，让你惊喜，让你踏实，让你感激，让你含着热泪发现了最初的那个自己，还想要把那个自己交给他。

然后你发现，爱这个字，在成长的过程中，无论你曾经如何轻信它、憧憬它、糟践它，但兜兜转转，在你认为自己早已不需要、不认得它时，它又玩笑般地出现在转角，出现在你面前。而你，以为可以绕过去、唾弃它、忽视它，可你没有，你不能控制地走了过去，紧紧拥抱住它，因为你的心在告诉你，其实，它还是所有人最需要的那个东西，它就是你一直抗拒但一直渴望的东西。

爱没有错，一切因果，都是缘于我们自己。

如果你们身边有一个爱你们的人，不要不好意思，不要总是赌气地等着他的电话。给他打个电话，不管他在哪里，做什么，跟他说一句：谢谢你这样爱我。

PART Ⅵ

谢谢你，先爱我再离开我

生活是最有效的催熟剂。

心里有秘密的孩子，从来就没有年轻过。

这不是一个新欢代替旧爱的故事，

是一段新的人生取代了一段旧的人生的故事。

谢谢你，
先爱我再离开我

1.

我和他是在网络上认识的，非常迅速地相爱，这话说起来真的令人脸红，但原因讲不通也道不明。

认识他之前我并不是个热爱生命的人，我自娱自乐、装疯卖傻，那是我能与这个世界相处的唯一方式。我觉得人活着本身就是一种勇气，我觉得人世就像一场游戏，我们被什么力量操控着，被宇宙中更高级的生物围观着，一切战争、爱情、生死，都供上面的什么东西消遣着；我在经历痛苦的时候，上面的人也许正在喝茶聊天。

每一个挫折苦难，都是上帝设置的游戏关卡，所以我每一次走过去，就张着嘴伸着手管它要东西，理所当然，毫不客气。

那是爱情，是失去他。

我们迅速相爱，又迅速分开。

失恋那天，我在深秋的深圳。

因为他，当我第一次从地铁口出来，接触到这座完全陌生的城市，我就感觉已经踏过了它的每一个四季，熟悉如自己的发肤。感觉这就是回家了。

憋了太久，爱起人来山崩地裂的，克制不住自己。

我和他站在我们租的学生公寓，二十九楼的阳台上，吹着深圳夜晚的暖风。他喝啤酒，我喝凉茶，我们一起看着对面的高楼，他不停地给我介绍这座城市，哪条路是他从小走过的，哪里是他住了四年的大学宿舍，好像要把自己的过去、现在和将来都掏出来。

我乐不思蜀，一切朋友的短信我都回复："洛阳亲友如相问，一片冰心在深圳。"朋友骂我："只顾摧眉折腰事夫君，亲友于你如浮云。"过了一会儿，又给我发来信息："我眼睁睁看你苦逼了这么多年，只要你真的开心幸福，我就跟着你开心幸福。”

我掐掐自己，是不是做梦，也摸着良心问问自己，配不配。幸福得真不是人过的日子。

我开始暗自盘点自己过去的生涯，觉得他没有出现在我生命里的一切过去都一文不值，转而又想，要不是过去的一切，我怎能遇到他！

我是四处寄宿长大的孩子，从小就知道自己几斤几两，东西在那儿放着，别说我去抢，就是人家主动给我，我也不敢拿，拿着怕人瞧不起，不拿又怕人说小家子气没见过世面，跟人相处我习惯了察言观色，生怕人家哪儿不乐意。也习惯把自己往最低了放，不想别人挑我的不是；也曾拼了命地把自己往那些完美女孩的方向收拾，可还是献丑不如藏拙。他是第一个把我看得透彻还这么爱我的人，我觉得踏实，又爱他，又感激他。我长这么大，没被人这么包容过。

我给我妈打电话，把自己在这边遇到的一切好事都添油加醋地讲给她。我妈又叹息又高兴，跟我说：“当爹妈的并不需要你做出多大成绩，只想让你能有个人照顾，在一个陌生的大城市里，走得踏实，爹妈也就放心了。”

我们用很少的钱很快的速度建成了一个家，每天盘算着怎么摆设能让空间大点儿能招呼朋友，其实房间小得才不过几平方米，再怎样摆设又能宽敞到哪儿去呢。但我俩不这么想，再小也是我俩的家，也可以招呼狐朋狗友。他白天去上班，我就在家写作，在燥热、潮湿、吵闹的深圳，在二十九楼的一个憋闷的小房间里，像模像样地等待我的爱人。

我给他开门，看着他从门外面风尘仆仆地进来，把包和衣服放在固定的位置，觉得这就是幸福。

我有时也故意在那个时间出去，让他下班之后看不到我，我在外面什么也不做，就干等着他打几个电话来催我回家。我一个人在外面许多年，从来没人催过我回家，我觉得那个催人的电话太幸福。也许真正的幸福从来都是这样平平淡淡、简简单单的。我们在爱里，逐渐把纷纷扰扰的人世间，忘得一点儿不剩。

去见他妈妈的前一晚，我没怎么睡好觉，心里总是害怕，虽然在他的鼓励下，我已经自信多了，可那些根植在体内的自卑，这时候又跑出来不让我安宁了。

那天早上，我们老早起来，我满心就想着怎么没提前买两件好看的衣服。我以前觉得自己挺好看的，那天就觉得哪儿都不好，眼皮也是水肿的，皮肤还没有消退我对深圳气候的过敏。丑媳妇怎么见公婆？何况第一印象又是那么重要。从我们的“家”赶到他父母家的一路上，我觉得时间太长了。

到了他家门口，我连楼都不敢上，着急得脸憋得通红。我跟他说你等一会儿让我先缓缓，他没当回事，说你缓个什么劲儿啊，不就是回我家嘛。

我拼命在外面吹风，想让风把脸吹白一些。他家人这时开门了，我就这么丢脸地进去了。

平时我也不是个扭捏的女孩，但那天我就打心眼儿里害怕，跟小时候进老师办公室的感觉一样。我在心里拼命给自己打气，让自己看起来从容自如，可我光顾着想怎么给自己打气怎么让自己从容了，他们说什么我都没听见。我回过神儿来的时候，就听见他在旁边拼命夸我来着，我坐在他旁边，身体僵硬着，腿都有点儿麻了，用筷子的手也不太听使唤。我能听见自己咀嚼的声音，在心里对自己说这动静太大了，又觉得勺子碰碗叮当地响，我怕人家觉得我小气，想让自己看起来实在一点儿，特地多吃了一些，人家都吃完了我还在吃，都吃撑了，也不知道自己究竟吃了些什么。

回去的路上，等我清醒过来一点儿了，对刚刚的表现失望透顶、后悔莫及，恨不得要重来一次。

他后来光顾着问我对他爸妈的印象了，没留意我那副窘迫德行。

有那么几天，我隐约觉得有点儿不对劲，但具体是什么，我也说不清楚。我想，这就是关系，是要经营的。

完美主义者的我，无数次幻想要有个完美的恋人，直到遇到他，我突然觉得，世界上并无完美的人，但可以有完美的感情，就像我们这样，找到彼此，两个人都觉得是自己占了便宜。我学着书上说的，认为现在正是磨合期，是两个人主动为了对方而把自己磨得合适的时期。我打电话给我那个什么都不懂的妈妈，要她把我的各种证书证明都寄过来，我要在这边找一份工作。我妈那会儿从没寄过快递，不知道打个电话快递就到家来取货了。她一股脑儿把我要的东西全给收拾出来了，大冷天的还跑出去买了五斤他爱吃的瓜子。快递员一来，看到乱七八糟的一大堆，嘱咐我妈妈下次别这么放东西了。

那个晚上，我在外面走，想着即将寄来的家当，想着我们两个人有点儿冷却的关系，想着这样简单的未来，路过花店，想着家里已经有两条鱼了，理应有几盆花，白天他出去，我总能有一些陪伴，我买了那种叫作“永结同心”的小盆栽。后来我回想起来，真难想象我居然成了那种自己一直不认同的女人，我看再过几天，我就要拎着小手包踩着高跟鞋出去跟妇女们打牌了！

我慢腾腾地拎着一大堆“爱的心意”回家，他正坐在我平时写作时坐的窗台上敲键盘，旁边摆了两瓶啤酒。

我心里奇怪，也没多问什么，就给他介绍我今天都做什么了，给他显摆我今天买了什么，拿出几盆盆栽，邀功似的等着他夸我贤惠有心，然后我就看到他笑里的疲惫和沧桑，心里虽然不是滋味，但总觉得这是感情里常有的事，温度太高岂不既烫手又吃不消。我那时还以为这才是好事，这才是在平淡中感受生活，这才是真实的爱情。想到这些，我又开始内疚，这么长时间，我从不知道他早上在哪里吃饭、吃什么，中午晚上吃得好不好，我觉得我这个女朋友不合格，想着应该从现在开始关心他的饮食，给他做好吃的。我甚至还生出了小妇人的心思，想或许这两天我太忙了，没关心他，房间也没收拾好。一个男人下班回家，若是看到家里温馨干净的样子，再看到一个乖巧漂亮的女人，这白天的多少累，不都没有了嘛。可我没有做到这一点，我在心里发誓要给他个惊讶瞧瞧，瞧瞧我仇小丫是个多么不可多得、举世无双的好媳妇。就从这几盆盆栽开始！

第二天早上，我破天荒地起来送他上班，像模像样地提醒着他有没有忘带手机、钥匙、电脑。我这么唠叨着，就差哈着腰嗲着声喊一声“加油哦！”他突然回头叫了我的名字，用的是自我认识他以来，他从没用过的语气和方式。

恋人之间是很微妙的，一个爱你的人叫你名字的方式跟别人一定是不一样的。他那么一声，我一下子愣了，当时心就凉了半截，不知道发生了什么，只好强打精神，问什么事，我看得出他也是故作镇定，嘴巴都张不开了，勉强挤出来一句话：“我家里不是很同意我们两个。”他的这句话说得非常轻，非常婉转，但我当下就什么都明白了。

那虽然是“轰”一下，但我当时还能站住，一句话也没说，就在那儿叠被子，仿佛见过世面经得起风浪，他连“再见”也没说就走了。关门的声音一传过来，我的腿一下子软了，瘫在床上。

“我家里不是很同意我们两个。”后来，这句话在心里一直经历了好几次变化。我先是害怕，后来觉得很讽刺，再后来，开始理解。

我忘了来这儿是要见他的家人而不是跟他成家的，可我已经不自重到这种程度，必然没什么好结果。

所以，我们被告知一定要分开，没有商量余地。

2.

我在小屋子里晕得天旋地转，一下栽在床上一天没起来，看着窗外从白天一直到夜晚，直躺到每天他快回家的那个时间才起来，站在二十楼露天的阳台上往下看，第一次觉得人生的道路漫长艰难。

他没回来。

我慢慢起来，打扮自己，然后走出门去。

因为来到这儿很多天，除了他什么也看不到。

记得刚来这城市时，我觉得这里的树才算树，这里的花才是花，这里的街道才是真正的街道，因为这里有我和他，有我们共同的未来。

刚下飞机的晚上，一场突如其来的秋雨从天而降。那雨一点儿也不大，但需要人打伞。他一只手撑伞，一只手搂着我，我第一次真真正正觉得自己像个女人。

我终于等来了风雨里和我同撑一把伞、同走一条路、同回一个家的男人。我的两条胳膊环着他的腰，整个人都趴在了他身上。我那时穿着前摆短后摆长的裙子，风一吹就可以看到雪白的大腿，那真是我捂了一冬天的腿。

裙摆在我们身后上下翻飞，像庆功的彩带。

他有点儿不满我的露骨和卖弄，又舍不得，只好当成是一种“大气”来看待。他像一个凯旋的英雄，像在我身上插了一面写着他名字的旗帜，像对着路边所有的人宣布，这是我媳妇儿，我领她回家。今夜是胜利之夜，明天开始再定规矩。我里里外外透着张扬，他当时管这种张扬叫自信，后来我才知道，他一眼就看穿了我的自卑，他想让我快乐，宁愿给我这样的自信和张扬。

他比我大好几岁，在一起走，我像只上蹿下跳的猴子，左摇右晃。他像个牵着绳子要猴的人，像个宽容包含的兄长，走在学校里，有时他会突然逗我说咱俩去开房啊？我就立刻憋着气做作地大喊：“学长，你不要这样了啦！”然后我俩就看着对方从偷笑到大笑，笑到另一个世界里去了。那段时间我俩约好了似的一起说疯话，用了好多从前和以后都不用的词语，比如“以后”“咱俩”“未来”，这些词，我再也没跟另一个人使用过。之前认为“我爱你，我喜欢你”之类的都是蠢话，是猪脑子的人才能讲出来的话，那段时间我俩都成猪了，没头没尾、莫名其妙地就突然来那么一句。

后来我经常想起他，像孩子一样说着说着就在空中比画着一个巨大的圆的样子。

他给我穿他的衣服，我像个孩子一样在那儿不会动了似的看着他给我系扣子。在那段时间里，我们偶尔互为对方的孩子，偶尔互为对方的家长，偶尔为兄弟姐妹。我都忍不住怀疑起来，以前没有他我是怎么活过来的！

我真是太痴迷这一套了，就好像他给了我一方天地，不管在什么地方，我在他的天底下，可以做得蛮不讲理天翻地覆逍遥自在，无须问何年何月阴晴雨雪。他总是看着我在人前人模狗样，回到他身边来就露出我所有的阴险狡诈，自负脆弱。

爱情有一种魔力，它会让一个人的缺点在另一个人眼里变成真实。

他走着走着就把我扛起来，横在他肩上，我一伸手就感觉好像能摸到天了。

我们在风里雨里，在他的大学校园里，在众目睽睽之下，一起走完了我们青春里的最后一段路。说了什么话，都不记得了。

那个晚上不是我这一生最风光的晚上，却是这一生里最有风情的一个晚上。那个晚上并不是我们的初夜，却是我们这一生谁也忘不了的一个晚上，我们一起从长春飞到深圳，从一段过去里出来，遇见一个梦想了已久的，此刻却近在眼前的人。

但我们将彼此留在了梦里。

风吹醒了我的脑袋，让我觉得自己好像第一次在看这座城。几天前是我和他一起走，那天晚上是我自己，年轻的孩子们一个个一对对一群群地路过。

裙角被风吹起来，我就笑，呵呵，这样的感觉才最熟悉嘛。一个人不停地走在陌生或熟悉的人群、风景、车水马龙、白天和黑夜里，这个我好像才是我，好像又在旅行，一如过去一个人生活的许多年。

还要走多远的路啊仇小丫？人的一生都要这样一直无休止地走下去吗？一会儿要回去的地方，已经不再是我的家了。

我原本以为这一次终于可以停下的。

深圳大学旁边有许多小食街，许多大排档，许多年轻又有朝气的学生，三五成群的女孩子从我身边走过，我过去也是那样子的，和姐妹们一起逛街，对未来抱有幻想，有牢骚、有怨恨、有争吵，大哭又敢大笑，现在那些样子有点儿模糊了。这里温暖热闹，但我不属于这热闹。

走在哪里也不敢深看，每看一处就觉得那一处伸出一只手来，打在我脸上，那一路我走得，心疼，脸疼，浑身疼。

那天我吃了好多广东小吃，我是怕再没什么机会吃了。那些东西的温度，好似都有我们曾经的温度。我点餐、吃饭、付钱，努力让自己做出得体的样子。我觉得自己既不自重又窝囊，心里已经没有底气了，已经空了，我得端住这个架子。

世界上有许多比爱情更重要的东西，然而是爱情，把我从深渊里拉了出来，给了我前所未有的快乐、安宁和希望。我知道我能再次爱上一个人并被这个人爱着是怎样不易、是多么难得，我因为这份难得的爱情甚至把以前那些在丑陋泥沼里的挣扎都当成是有意义的。呵，就这样一下子被粉碎了，以前的辛苦我可以永远不提，可以一眨眼全部忘掉，然而我怎么能忘记这份爱情呢？

往现实处想，把这个人和这段情彻底忘记需要一段时间，再去认识、了解、爱上另一个人又需要一段时间，还要把自己重新向另一个人推销一遍。这搞不好又得几年的时间，前提是我可以从这段感情里走出来。

突然，我觉得自己好窝囊，那么多年的辛苦，那些我之所以为的不可抗拒的命运，那些我所认为的全部意义，就在一顿饭的工夫里被人定夺了。凭什么呢？凭我爱他，凭我给了他这样的权利，而他将这权利用得一点儿都不剩。我认了。

我觉得自己就像这时代里的小丑，上蹿下跳，窝里窝囊，还真自作多情地以为找到了真爱呢。

我想通过吃来稳住自己，通过胃的充实来稳定心肝肺的情绪。虽然没什么实际用途，但这让我感觉自己终究为难受的五脏六腑做了点儿什么，不至于束手无策地什么都不做。这个时候，我想让自己做一个对自己负责的人，好像人给劈成了两半，一半要批评另一半。

我在网上发了个状态，说喜欢广东人的务实，喜欢晚上穿梭于各种热气腾腾的大排档，喜欢年轻学生的朝气蓬勃。末了，不咸不淡加一句“只有飘过的孩子才知道家的意义”。

那天晚上，我一口气吃了好多东西，有肠粉、腐皮，有各种叫不出名字的东西，好像一辈子再也吃不到一样地大吃。我以为，是不是我多走一走这条他走了几年的路，多吃一些他吃了几年的东西，就能多沾到一些他的生活气息，离他更近。

我进了一家甜品店，吃了他们家的榴梿蛋卷。我对老板娘说好吃啊想一直能吃到。老板娘憨直可爱爽朗，用带着广东口音的普通话说：“这都是我家老公做的咧！我家老公呀，他做东西可好吃啦！你看我结婚时还瘦瘦的，现在都被他养胖了啦！我老公啊，这些东西都是他自己研究的呀，他多聪明啊。我平时哦，看店也没什么事，嘴馋了就偷偷拿几个吃哇，哈哈，忍不住嘛，太好吃啦！”我被她的情绪感染了，心里是说不出的滋味。她说我很喜欢你，你要常来玩哦，我说我也希望啊，自己在心里接了下一句，可是我明天就要走了。

那会儿我好像傻了，完全没有捋清思路，深圳又不是他们家开的，为什么失恋了，我就要离开这个城市呢？想不通，过度悲伤的时候完全没有力气思考，像一个活不起的人，干巴巴地等着人拯救，干巴巴地等着人给你下命令。

我像是恳求，又像是赌气，信誓旦旦地跟老板娘说我还会再来捧场，然后在老板与伙计的恭送声中笑意盈盈地离开，心如刀绞。

那天晚上，我带着多买的好几份榴梿蛋卷和几天前他一直吵着要的柚子回去。

他坐在那儿，一处也不放过地盯着我，啤酒洒在身上，眼睛似红非红。我心疼眼前这个男人，一下子要忍不住哭出来，一下子又忍住了。

我说：“我给你买了柚子。”

“我不吃柚子。”

“这几天你明明一直在说柚子柚子的！”

“我是以为你喜欢吃……”

“我也不吃柚子啊！我是以为你喜欢吃的！”说着我就嚷起来，朝他喊，喊着喊着我就要哭，但我不能在这时候哭。

我看着鱼缸里还在游泳的两条鱼，发现动物其实比人有智慧，它们知道怎么在有限的时间里享受能够拥有的一切安逸，人类却总想太多。

我拿着柚子走过去说道：“咱俩把它吃了，咱俩认识这么长时间，还没在一起吃过柚子呢。”我也不知怎么冒出这么句话，听我这么一说，他赶紧把柚子接过来。我不会买柚子，好厚重的皮，我看着他用钥匙把柚子皮豁开，都没有力气的样子。我吃一口，对他笑一下，他不敢看我，就盯着电脑。

我们何止没有一起吃过柚子，还没有一起去过海边，没有一起去唱歌，没有一起去爬山，没有一起去旅行……我们没有一起做过的事情太多了。本来计划好那些事情要用一辈子去做的，以为这样就能把剩下的几十年填满，就不会厌烦，谁知道时间不够了。

我拿出榴梿蛋卷说，这家店的蛋卷很好吃，我多买了一些，你尝尝。他说，你喜欢吃就放在冰箱里吧，等我给你空运过去。

我们谁也不敢提，榴梿的谐音是留恋。

在后来的日子里，我再也没有吃到榴梿蛋卷。

每一个饿了或者不饿的时刻，我都在想它。

都在想，我不能做一个失约的人。

在巴尔干被陌生的卡车司机威胁时我没有哭过，家庭的担子好像一下子都压了下来挡在前行的路上时我也没有哭过，但我为了一个吃不到的榴梿蛋卷哭了。

一个成年人因为这样小的事情而在深更半夜掉眼泪，是很丢脸会让人笑话的吧？

3.

我离开那个我和他用很短的时间筑造起来、用瞬间摧毁的小家时，想好好收拾收拾自己，想走得体面一点儿，可慌乱得好像连鞋都来不及穿。

早知道是这样的结局，早知道时间过得这样快，当时应该把每一天当最后一天来过的。他送我登机，临别时给我一个敷衍的吻。他的头低下来的一瞬间，那个表情后来一直刻在我的心里，提醒我，看人不要看得这样仔细，平白给自己增添不开心。

我若无其事地说了句“再见”，头也没回，我想，不能回头，回头就说明我在乎，在乎就说明我输了。

我极力想让自己离开的背影洒脱或性感一些，可背包实在太重了，重得我要驼着背，深一脚浅一脚地晃晃荡荡，姿势又蠢又笨，像只蜗牛。如果我那时知道那个像蜗牛的背影就是这辈子留给他的最后一个背影，我一定不顾一切认认真真地给他一个拥抱，或者一个吻，然后，那个转身漂亮一点儿。

我默念着最好让这笨重的背景赶紧消失，进了安检口趁着人多混乱，我终于鼓起勇气回了一下头。

呵呵，那人并不在灯火阑珊处，早消失了。

飞机上，我俯身再一次看这座城。这的确是一座年轻的城市，有年轻人的稚气、希望、繁忙以及美好。我的世界里天一样大的事，往这车水马龙里一放也就那么回事了。

我的一把眼泪从中国南边洒到北边，从青松大海洒到白雪皑皑。

下了飞机，是长春的冰天雪地，这寒冷似乎带着阴谋，好像上天恶意造成的，因为它冷得彻骨，冷得离奇，冷得恶毒和可怕。寒气从四面八方涌来，丝毫不想放过我，从单薄的鞋底直逼五脏六腑，摆明了态度要来毁了我。

的确，我是从天上直接掉到这冰雪地上的。

长春的天空下着雪，是那时的我最需要的那种雪，不太看得到，只是感觉得到，细细软软，有点儿像雨又有点儿像雾的样子，落在睫毛上凉凉的，转瞬就化成了眼泪，贴着脸的轮廓心安理得地淌下来。冷气直抵心头，跟我的心迅速沆瀣一气、狼狈为奸，一同缥缈，一同恍惚，一同无情。

我问这车水马龙，问过往行人，问皑皑白雪，它们好像也同样问我，你究竟在这尘沙中挣扎个什么劲？我那样出现在人群里，我的哭、我的笑、我的张皇或者失落，丝毫引不起人们的兴趣。风雪扼住我的喉咙，风吹得我仅剩一些残破情绪。我看着终年沉默无语的公交车，载着人过去，突然整个世界在我面前倾斜了一下，灯火阑珊一瞬间变得模模糊糊，我不知道自己是站着，还是躺着，还是滑倒了。

那时我想，同是失恋，对一方来说是不能承受的痛苦，对另一方来说可能是很轻松的事，这有点儿不公平，所以开始恋爱的时候先不要海誓山盟，应先讲好，以后若失恋，甲乙双方概不为对方的任何痛苦或闪失负责。

我那么结结实实地一摔，好像醒了。像我这样求生存的人还能拿失恋当疼吗？好意思说吗？我要去好姐妹娄晓云家，爬也得爬过去，滚也得滚过去，在这儿不被车轧死也被冻死了！

刚起来就有电话打过来，吓我一跳，因为我不敢告诉家里人我从深圳落魄地滚回来，而我的全部家当和各种资料档案正在飞往深圳的路上。电话正好是我家里人打来的，我战战兢兢地接听，是我九岁的妹妹。她哭着问我，姐你什么时候回家啊，我好想你。我想撒个谎结果没编出来，因为我忽地想起当初他在我家带我走时我妹妹也在哭，说不要带姐姐走，说这是个坏男人，来了就要把人给领走。

我说我现在已经在长春了，刚想告诉她别声张，我爸妈在那边已经听到了，赶紧抢过电话问怎么回事。他们是做父母的，这种事，比谁都敏感，他们早已经知道怎么回事了。我还嘴硬，我爸说："你们吵架了？"我说，我们怎么可能吵架？死活不说。我爸说，那你怎么突然回来还不回家，我实在不会撒谎，支支吾吾说我想家了。我先跟朋友待几天，就赶紧撂下了电话。我实在受不了了，再说下去我就要哭出声音了。

我这样跌跌撞撞一路孤魂野鬼似的回来，辗转找到娄晓云，我像多少年没见她了似的。

娄晓云面儿上对谁都好，但谁也不敢拿她当软柿子捏。这女孩子，要温柔有温柔，要泼辣有泼辣，正因为她像对谁都好似的，我不太愿意，好人赖人你都对人家那样，那对我这么好有什么意思。然而，那时的娄晓云是一个缺点也没有了，她就是我的救命恩人，比亲人还亲。

娄晓云刚结婚没多久，自己弄了个小店面当起了咖啡馆老板娘。我去找她时还有个好朋友也在，看到我回来，大家先例行客套一番，接着都有些不解地，问我怎么回来了。我还是装，他们开始信以为真，但后来就看透了，说，你别装了，你开不开心我们要是看不出来，那这种智商没法儿在外面混！

娄晓云不是那种会跟你说只有走错路才会看到不一样风景的人，前面有火坑的时候，她不拦着，反而会一脚给你踹里面去，等你知道疼了，她再把你拉上来，然后结结实实告诉你，眼泪再多，灭不了火，你那几滴当水喝太咸，冲马桶又不够。她会告诉你，好运不会站在弱者那边，她会戳着你的脊梁骨，让你直起腰来。

另一个朋友小球，是个嘴巴极贱心底极软的人，看我这么落魄，想着我走时信誓旦旦威风凛凛的样子，实在可笑极了。

娄晓云憋不住了开口就骂，快点儿让那个浑蛋男人从你的生命里滚出去！她的骂，那是真的骂。这要是平时也就罢了，她娄晓云就是骂天皇老子，我也是要跟着骂的，但今时今日，她娄晓云居然敢胆大包天骂我的男人，我怎么能忍？！爱情这种事，一个巴掌怎么能拍得响？！

我那会儿有一肚子委屈，但在娄晓云面前不值一提。她可是过来人，无论我想找点儿什么借口，最后都自取其辱，只得忍着，拼命点头，她说什么，我就拼命点头，好像点着点着就能点明白似的，点得眼泪都出来了。

我一哭可了不得，他们都吓傻了。我是什么人？是抽三巴掌也不会掉眼泪的女人，是男人也要叫我一声哥的女人，一向活得粗糙，什么事儿在乎过？但这次的哭真是憋不住了，低头时一不小心眼泪就流出来了。

他们一个推一个，表示这时候得有人说点儿什么。小球那个贱人说，铜盆烂了分量在，失节事小，饿死事大，你吃碗面。

娄晓云说，仇小丫，你不傻，你只是实在。转身又对小球说，她有什么错，她也就是一个人苦惯了，贪了人家给她那点儿好，她以前没那么乐过，有个人给她那么大乐处，她就迷住了，知道是坑，也舍不得回头了。

我强憋着，怕两个人哭起来，控制不住局面。

那几天，我一直紧贴着娄晓云，她打电话给她老公，也是我小学同学老祝，说小丫回来了，你自己到外面找住处吧。老祝问小丫怎么回来了？娄晓云没好声地跟他喊，哎呀，就别问了，哪儿那么多废话！

我跟娄晓云待在一起，我说我现在病了，只有你能救我，我离开了你就得死。她白天把我带到店里，那会儿一整天一整天的一个顾客也没有，我俩就坐在吧台后面，她忙着修这补那，我就傻傻地坐着。出了门她必须得看紧我，因为我那时已经只剩下半条命，魂都没了，根本不会走路，不会看车。

她给我做饭、做好吃的，她婆家有事，她就把一个家扔给我疗伤，随便折腾。

我不回家其实还有个原因，是我前男友的家人觉得我精神特别容易亢奋，可能是已经得了甲亢，怕影响后代。我把这事儿跟娄晓云说了，她差点儿把菜刀抄起来，没好气地骂我。

我说我也没白去啊，起码去一次还知道我自己生病了，以前都不知道。

我不是说气话，以前在德国上学时总是要一边做兼职一边学习，三更半夜不睡觉，担心睡得太舒服，就只在地板上铺床被子。当时我自作聪明地以为那样能更有忧患意识，不让自己被惰性拖垮，但当我得知自己可能得了甲亢，并也认为这种可能性非常大时，我以为自己真的病了，在娄晓云家的那几天简直像是在等死了。

4.

半个多月后，我觉得自己稍微像个人了，就买了一大堆东西回家。我知道，我的家人已经等我很久了。

我不想让自己看起来太落魄。

我先挤出个微笑，再开门，进屋一句话不说，拼命从包里往外掏东西，都快把我自己掏出来了，我妈看我这样子觉得也没什么大问题，还知道吃呢。我一边介绍吃的，一边说深圳怎么好，对于他和他的家，对于在深圳到底经历了什么，只字未提——以后也没再提过，把那段回忆自动抹去了，除了我自己，除了他和他的家人，谁也不知道。而那些让我无法理解或耿耿于怀的东西，很快就会被他们一家人忘记、被他忘记。我可以选择偷偷记得，也可以选择偷偷忘记，这是我给自己争取到的唯一的主动权。

我妈已经把他当女婿了，一会儿问他咳嗽好没好，说要给配点儿药，一会儿又说，这孩子挺好，告诉我要懂事，别跟人家吵架。我哼哈地答应着，想，能撑就再多撑会儿吧。

我用了全力，给家人都说困了，等回自己屋里去，关上门之后，眼泪才懂事地掉下来，时间掌握得刚好。我不是哭自己，哭的是这屋子里的三个人，每个人都装了一肚子心事，但谁都没有先提出来，我哭的是这份理解和包容。

二十二岁，我一不小心成了一个行万里路的女孩，心里一直掖着藏着太多的人和故事，没处发泄，没人分享。

脚上的泡是自己走出来的，没脸喊疼。

我出国一走几年，死活都难预料。我妈心小，我爸心大，但心再大他也是个父亲，只有我常常忘了自己还有个家，忘了自己是他们的女儿。

我每次一回家吃饭，我爸都得先说一句：“总算能吃口团圆饭。”这话是说给我听的。

过了一段日子，他们渐渐觉得不对劲，因为我妈寄到深圳的包裹又原封不动地退回来了。我给快递打了好几个电话，怕快递到那边给他打电话他会嫌烦，就趁着它刚到深圳时给要回来了。爸妈小心翼翼地问我，怎么不见你们联系，我就用各种理由搪塞，说都忙。爸妈进屋不看我，先看我掉在地上的头发。

可怜天下父母心，一旦失恋，心疼我的还是爹娘。

我不敢在他们跟前有任何情绪，我的父母这么多年没享过福，我爸全年下来唯一的娱乐，就是在年三十晚上跟左邻右舍打会儿麻将。我不能没怎么孝顺过爸妈，还总不要脸地伤他们的心。

男朋友跟我视频，摄像头一打开我被吓了一大跳，我看到一张比一星期前老了十岁的脸，恐怖得简直看不下去。那眼神就好像是野生动物的，充满血丝，如果眼神能杀人，我现在早没命了。他一动也不动地盯着我，问你这几天去哪儿了，我心想你还有脸说，让我一个人孤立无援地回来我死在路上你都不知道，还有什么资格问我这几天去哪儿了！再说，就算我跟人结婚了与你又有什么关系！但这只是我的心理活动，我其实很想他，不想用这仅有一点儿的见面时间来吵架，我说不敢回家。他逐渐缓和下来，委屈得像个小孩子，都要哭出来了。他跟我讲这些天喝得怎么昏天黑地，怎么被哥们儿扛回家，膝盖怎么摔得都是血，我们各自安慰几句便又睡去，他问我什么时候回去。我笑了，我说当初要我走的不是我自己。

他问我你还会回来吗？我心想，你过来找我我才回去。

再后来，我看到他把我们住过的那个小家一点点布置成我曾期望的样子，置办了我想要的小家具，在视频里给我看，说就差你了，等你回来。

我心里不舒服，我觉得他应该更主动一些，可是他越来越忙，我也越来越忙，忙到有一天我突然觉得好像很久没有跟他说话了，一上QQ，发现他的头像已经不在了。他把我删掉了，这是我怎么也不会想到的，我不懂这是什么意思，申请加了几次也没加回来。

恋爱这种事儿，结束时从来就不需要征得两个人的同意，而另一个人总是要很久后才明白过来。像陶子唱的那首歌：“太委屈，连分手也是让我最后得到消息。”

我想，非常非常想问他发生了什么，一切都是怎么回事，是有人逼着你这样做吗？但我仅剩的那点儿能够维持我活下去的自尊心不允许我这样做。

我装模作样活了那么几天，终于忍不住了，我不太懂这是什么意思，毕竟当时的告别没把它当成真正的告别。我想了许久，或许我还可以给他发邮件写信。但写什么呢？哎哟，好久不见啦！不行，太轻佻。想来想去我记起还有一些我认为重要的东西在他那儿，就给他写了一封长长的信。实际上这信我是真心实意写的，但通篇怎么看怎么觉得虚伪做作，比如我说感谢遇到他，比如我说我还爱他，然后我又没头没尾地说要他把我的东西寄过来。

而这么一封不着调的既动了心又动了气的信，发过去很久，也没有回音。

我一直在等，从白天等到晚上，天黑了，点灯，接着等。

开始是生气，恋爱时千言万语说不尽，分手时三言两语要转身。

那时，我在这件事情上想开了，人走了，连招呼都不打，我就当自己做了一场梦！分个手人家还给你写篇论文？还给你摆个分手宴？仇小丫，你需要醒一醒了。

但后来开始着急，担心他会不会出事了，究竟是不是还活着。直至对他的要求越降越低，本想要一个疏通心意的答复，到有个答复就行，到知道他还活着就行，到希望我有这个权利知道他还活着就行。

我给他的人生想了一百多种可能，看这一百多种可能里有没有能跟自己挂上钩的结果。

我的心还没死透。

这样过了几天，未读邮件里终于有一封是他的名字，我赶紧打开！只有一句话："我会尽快给你寄过去。"

心凉了。

就这么一句话，不是我期待的那样。

那一刻我有点儿意识到了什么，发了疯一样对着这句话看，简直想把电脑拿火点着了再放在水里泡一泡。我想是不是要像看武功秘籍一样用些特别的方式，我正着看，倒着看，试图看出点儿苦衷、念想来。我想不可能这么简单啊，你别看只有一句话，这句话很有可能大有深意。

半小时后，我的眼泪才哗啦啦地倾泻而出，我忍不住了，给他回了句曾经打死我也说不出来的话：“你难道不爱我了吗？”

刚点了发送键我就后悔了，我难道要生生地等着人家给我回句“是，我不爱你了，我看错人了”吗？我不要这样，我怕这句话已经在路上了，赶紧敲电脑给他回信说：“你不用回答了！”我说我不听了，没兴趣听了，快马加鞭地按下发送键，好像晚一秒钟他的答案都会发到了似的。

我起来照照镜子，发现自己不但没让激情和想念给摧残瘦了，反而水肿似的胖了。这让我愈加鄙视自己没出息，没有资格继续怀念那段短暂而激烈的爱情。

我意识到自己终于失恋了之后，什么事情也做不下去，只把自己关在家里，趁着眼泪流出去的间隙在电脑上敲点儿文字，另外就是吃，我心里一难受，首先就想到吃。一边吃一边羡慕那些即使难受时胃也有志气对食物摆出高姿态的人，那样的人失一次恋起码能出落得脱胎换骨，我失一次恋恨不得能胖个十斤八斤。这对于一向要强的我，简直是雪上加霜的打击，我本以为变得比以前漂亮一些也好从容地在他跟前摆摆姿态，但这下我连气他的资格都没有了，唯一能做的，就是骂骂自己有多么窝囊。

我开始破罐子破摔，横七竖八地躺在床上，把衣服袜子扔得满屋都是，不洗碗，吃油炸食品，喝碳酸饮料，“反正你现在看不到我，反正你不娶我，我胖不胖丑不丑跟你也没关系了，这下我自由了呢，爱怎么折腾怎么折腾，我要作上天！有本事你来管我啊！”

我甚至还想问他：“你说过，我们必须要在一起的啊，你说过我们要永远不分开的啊。”这话我是有理由问的，然而当我需要问这句话时，也已经没有问的必要了。

我过了一个失魂落魄的春节，最怕好心的亲戚问我：“哎，你前段时间那男朋友怎么样了？”

毕竟我看起来怎么也不像一个为情所伤的女人，没人相信我能有多少痛苦，而且我的一张圆脸使我在悲恸面前也很难显得悲伤和严肃。

幸好没有人多嘴。

我曾以为他删除了我的一切联系方式后还会经常想念我，我对任何一个来我页面的没有头像也没有好友的空ID欣喜若狂，我盯着那个ID名字和上面的城市地址分析来分析去，试图找到任何一点证明是他的蛛丝马迹。每一个可疑的空头像出现都能让我失控地立刻回头检查自己主页，有没有哪句话说得不合时宜，有没有哪句话他看到会有点儿失落。我也会责怪自己，为什么刚刚说了那样的话，要不要赶快说点儿好听的补救回来，或许他一会儿还要来呢。

失恋就像一场大病，将人折磨成非人的样子，让人从里到外失去了主心骨，失去了意志和灵魂，失去了曾经信仰的一切，让人变成一条饿疯了的狗，对着一切尚有余味的空肉罐头疯狂追逐和绝望咆哮。

太侮辱人了。

在以前的生活里，我也常常遭遇无奈，可不管怎样的无奈几乎都是可以面对的，纠结一段时间，要么跳过去，要么绕过去，或者索性换一条路走，总之不会把自己堵在死胡同里。唯独失恋这种事，真是一点儿办法都没有，它是软刀子、慢性毒药，无影无形，让你浑身瘫软、四肢无力、大脑空白，你除了眼睁睁地看着自己沦陷下去，别无他法，这对于一个一向要强的我，痛苦得无药可医，只能靠麻木来缓解自己。

我在窗台前一坐就是几个小时，没完没了地想，可似乎怎么都理不清头绪。“他并不爱我，他只是让我以为他很爱我，我可以搜集出一大堆证据来证明他没那么爱我……可是我不能这样做，这种做法对于一个女人来说是没有丝毫益处的，那完全是在自讨苦吃。”

我让自己忙起来，有没有意义无所谓了，人活着才有意义，死了还谈什么意义，我可劲儿地催眠自己。自个儿的身子，不让用？谁也管不着我！我想让自己忙起来，忙到脚打后脑勺，累得动也不能动，把想说的话、想念的人，都交给梦去处理，在梦里就算我对也好，错也好，哭也好，喊也好，爱也好，悔也好，都能痛痛快快，没人笑话，而白天的我还是我，是养家糊口的仇小丫，不能被任何事打败了。

窗外的雪化成了水，墙角吹起了打着卷的风，那条被白雪覆盖的街上，曾经蹦跳着两颗最快乐、最感恩的心，现在呢，时间过去了好久，垃圾袋都被风吹起，重新见天日了，这就是春天来了。

东北的春天来得晚一些，这让我舒服，我不想自己的心和外面的天气是两个季节，那会让我觉得自己被整个世界抛弃了。

5.

我终于鼓起勇气，一个人偷偷摸摸去医院做检查，没让家人知道。我自己在医院里抽血时一点儿都不害怕，我觉得更可怕的事我已经经历过了，只是我每每看到身边的女孩被家人被男友呵护着从身边经过时，就感到十分心寒。

几天后，我的检查结果出来。我提心吊胆地去取，医生说你没病啊，你就是抗体低，需要好好调整饮食和睡眠，连药都不用吃。虽然我知道即使生病也不至于死，但仍有一种劫后余生的庆幸，我在这世界上的财产就只剩这一条命，我居然还那么不知道珍惜。

我为自己还能继续活在这世界上高兴，“活到现在真是一大奇迹，真值得庆幸。”出了医院，我在春寒料峭的街道上笑得愤世嫉俗，我好像突然明白了什么，那股明白让我直起腰，昂起头。即使心里仍然莫名委屈，但那股委屈让我浑身充满力量，这股力量十分熟悉，在欧洲，在每一个绝望和屈辱的时刻来临，我的身体都能迸发出这种力量。

他们说我得了病，那么就当那个恋爱里的我得了绝症死了吧，现在在这条路上走着的是一个新的仇小丫，带着一路走来的斗志、经历和教训。

我给娄晓云打电话："出结果了，我没病，滚出来给我庆生。"

娄晓云长舒了一口气，她比我敏感，她一开始就不信我有病，只是看到我那副实在活不起的样子，既担心又不敢肯定，现在，她为我开心，也为我难过。但她什么都没说，她带上几个朋友来接我一起去吃所谓的庆生饭。我悲哀而绝望，却仍然执着地以胜利者自居。

阳光晃得我眼泪流下来，我想起他，想起曾经的自己像个无辜的傻孩子。

娄晓云英姿飒爽地走过来，迷迷糊糊的我突然一个激灵。这个头发已经长到过臀而且发质好到可以直接去拍广告的女人，这个好像从出生起就带着长头发的女人，一剪子把头发剪了。我以为长发女人想剪短发有两种情况，第一是失恋伤心想要一个所谓的从头开始；第二是她活着活着就自动完成了一次生命大换血，娄姑娘显然是后者。

她兴高采烈地给我看她留长发时搂着老祝的合影，不需要说任何话，她浑身都散发着让男女为之着迷的魅力，那魅力不言自明：是的，我还是那个娄晓云，曾经真诚地犯傻，现在真实地快乐，不管你怎样看我，不管我是什么样子，我被人爱着。

这样的她真是太性感了，她是真正勇敢的人，是在一个痛苦而无奈的大环境下，真正知道自己需要什么，并对美好生活的追求丝毫不迟疑的人。

那个吹牛不打草稿、声称暗恋了我三年的男人张某其实和我认识有四年了，我们在这四年里互相看着对方起落、成长、变化，互相打击，在伤口撒盐，落井下石，看对方笑话，我们曾巴不得对方混成狗然后趴着过来求自己，我失恋了他以迅雷不及掩耳之势来趁火打劫，软硬兼施逼着我给他制作一部小成本片子，他投资，剩下一切我来操刀。我知道，他是想让我真正从郁闷里走出来，走进那个真正属于我的天地里。

而小球去了北京，玩起了独立杂志，终于走进了那个他一直向往的领域。

我失去了爱人，却得到了爱。从失恋里走了一遭出来，更知道人生里什么东西是弥足珍贵，什么东西应该果断放弃的。

我庆幸和感激自己是一个朋友比钱多的女人，是一个得到的爱比受过的伤更多的女人。

感激我和他们相遇，感激他们一直都在，感激他们一次次对我无条件地信任。

我慢慢地恢复了常态，抑郁转换成亢奋，饱满的痛苦，充足的底气，扛得住流年，经得起变迁，明白了原来世上没有凭空的美丽，美丽一定要经过打磨、训练，这样的美丽看似巧夺天工，实际上早已经过了长久的寂寞和修炼，因此才持久且耐人寻味。

回来时，我走在去年冬天某个深夜里哭过的那条下雪的路，发现那里居然已经开满了好看的花，这不可避免地勾起了一些去年的回忆，继而百感交集了一下，然后便甩着半长不短的头发若无其事地走在芳香四溢的春天里。

后来，由于有些事情无法彻底忘记，我就成了一个说故事的人，写字成了我的日常状态，不为什么，也许是我需要有一个发泄的出口，而我也很幸运地找到了它。

后记

命运通过失败来给你指路

终于完成了这部书稿，不知不觉窗外已是北方深秋，干燥寒冷，阳光刺眼，怅然若失。

像过往人生里所有的第一次，这个“第一次”同样慌乱，焦灼，被催促，不完美，没有星星月亮，没有烛光晚餐。

通篇整理时，我非常紧张，一页一页一篇一篇，每个字都是和生活肉搏过的血淋淋的过去。我一边翻一边想，还有什么没放上去，那些要不要删掉，足够了吗？

正如我们永远无法全部忘记那样，我们同样无法全部记起。能留下的文字，说明它们与这世界的缘分到了；没有留下的，它们或许有更恰当的去处。

我知人生如戏，但当屏幕上的那些剧情果真发生在自己身上时，才发现人是如此脆弱，脆弱起来又毫无道理。

我遭遇过许多事情，它们给我不同程度的疼痛，我从中得到经验和教训，越活越顺溜，对此我常自我感觉良好，在这种情况下，遭遇了爱情。

没碰过它，我不知世上竟有如此玩意儿，甜与苦巧妙地放到一块儿，让得到它的人一时分不清，在这漫长的人生旅途中，究竟是自己因努力而得到了一丝甜头，还是因得意而得到了一个教训。

它让我突然没法儿说出口我到底是怎样的疼。

因此我义无反顾地，不惜一切地，在流逝的时光里日积月累断断续续地写下许多零散文字。

现在的我，是被生活折磨得底儿透之后又反过来调戏生活的状态，说白了就是破罐子破摔外加死猪不怕开水烫，不求人重视也不怕人忽视，不念及失去也不畏惧得到。

爱过，活过，痛苦过，但没有去死。

我看到了自己的脆弱和无能，还有虚伪和阴暗。但可怕的是，人不得不永无止境地面对自己，也许正是这样，人才能够做到最好，最从容地应对绝望。

我突然意识到，可能生命原本就是这样，于是释然。

这释然并不表示以后我就不犯错误，不代表以后我就要做一个道德高尚的好人，不代表以后会更加快乐，而是，我开始习惯并且做好准备与生活带来的一切做持久斗争。

爱是人的本能。人们想得到他们所爱的东西，这并不可耻。

不是所有人都真正认得你，所以不必解释。不是所有人都配知道你心底的梦想，也不必告知。不是所有人都应该以真诚相待，因为真诚，未必会被接受。

只要很认真很认真地去做事，很认真很认真地去学习，并由此得到快乐，就是生活给的礼物。

这世界是有爱的。

你坚信它，就配得到它。

感谢一路伴我走来的人们，无论宠辱，皆是我的幸运。

感谢给我出版这本书，以及在它身上付诸心血和精力的所有人，感谢你们的包容，让我多年来散落于各处的文字终于得见光明。

我在给他的最后一封信里写到，我知道你放弃了，但我想让你知道，其实你没有爱错人。

同样，我也将这句话送给一直以来真正陪伴在左右的人们。

我并不想有所作为，我只想每分每秒地热爱生活，尊重自然和生命。

对于生活，我希望自己做选择，因此随之而来的一切寂寞与甘苦我都心安理得地接受。

很有趣，命运有时通过失败来给你指出你应该走的那条路，所以你们今天得以看到一本我写的书，将来或许还有其他的。

幸福于我就是如此，在所爱的事物上付出能付出的一切。

非常感谢我的人人网好友，每当打开人人网桌面，右下角就忽然似万家灯火，跳出一个个有血有肉的人生。那些年轻人的痛苦、负罪、悲伤、骄傲、痛恨、压力、辛苦、梦想，每一个ID后面都是对爱的无限渴望，他们在迷茫和挣扎中往前走着，身后留下一串独一无二的脚印。

有爱我的人，他们说："不想让你这样的人被埋没。"他们隔三岔五就翻出一篇旧文写真诚的评论，似鼓励又似倾诉，看到我被人爱，好似自己也被爱，看到我终于被发掘，好像看到自己的希望。

一路有这些陪伴，我三生有幸。

我们这些叛逆过、流浪过又回了家的人，特别珍惜身边拥有的一切。很遗憾，我无法看到每个人合上这本书时脸上的表情。

或许很少人知道，能出书是我一直以来的梦想，没想到这个梦最终得以实现，没想到这么幸运的事最终发生在我这种人的身上。

所以无论如何，我都认为人活着是要留些勇气去相信值得相信的东西，比如相信可遇上一段很好的爱情，相信可变成一个很好的自己，相信自己值得去拥有。

我们这些和生活肉搏过的人都知道，无论它给你抛过来什么，运气也好，男人也好，痛苦也好，好的就接着，坏的就扛着。做女人，不仅要有胸而且要有胸怀，能忍耐，能扛事，不躲闪，不妥协，亦不必胆怯。

青春就是那些你可以明目张胆看不起这个世界并誓要与其斗争的日子，接着走，发现当初许多惶惶不可终日的猜测并没发生，有些不解和疑惑你逐渐有了答案——就算有些没有，但人生走到一定的时候你忽然发现那些答案竟不再重要，重要的是你终于知道，你在努力时旁人也没有闲着，你在挣扎时别人也不比你好多少。

身处一个大时代当中，没人站在你的对立面。

我们是站在一起的，都是夜以继日地经历这个世界的千千万万的人。

在明天，希望我们依然拥有爱和信仰，依然宽恕这世界，依然没羞没臊不屈不挠地活着，如一根迎风而立、雨催不折的野草，傲视群芳。

希望所有在这世界上认真生活的人，最终都可找到那条属于自己的路，找到属于自己的爱人。要相信，认真的人值得世界以真心回报。

然后我们一起坐等地老天荒，见证岁月流逝，用我们的方式过完整个人生。

钢筋水泥公车地铁，密不透风的人群和生活，理智苦闷的工作，有多少时刻我们面无表情的对着早已经不想多看一眼的陌生人群，眼里有那么一刻恍惚，心里想到一些过往，于是忽地想视身旁拥挤的人流于无物，当时代不再恩宠我们，我们只想清静地听一首歌。

图书在版编目（CIP）数据

你了解全世界，却不了解我 / 仇小丫著. — 长沙：
湖南文艺出版社，2014.4
ISBN 978-7-5404-6631-2

Ⅰ. ①你… Ⅱ. ①仇… Ⅲ. ①随笔—作品集—中国—
当代 Ⅳ. ①I267.1

中国版本图书馆CIP数据核字（2014）第046231号

上架建议：畅销·随笔

你了解全世界，却不了解我

作　　者： 仇小丫
出 版 人： 刘清华
责任编辑： 薛　健　刘诗哲
监　　制： 陈　江　毛闽峰
策划编辑： 张其鑫
特约编辑： 陈春红　杨　旸
封面设计： 九　一
版式设计： 黄柠檬
出版发行： 湖南文艺出版社
（长沙市雨花区东二环一段508号　邮编：410014）
网　　址： www.hnwy.net
印　　刷： 北京天宇万达印刷有限公司
经　　销： 新华书店
开　　本： 889mm × 1194mm　1/32
字　　数： 170千字
印　　张： 7.5
版　　次： 2014年4月第1版
印　　次： 2014年4月第1次印刷
书　　号： ISBN 978-7-5404-6631-2
定　　价： 32.00元
（若有质量问题，请致电质量监督电话：010-84409925）